Inacabada

Ariel Florencia Richards

Inacabada

ALFAGUARA

Papel certificado por el Forest Stewardship Council®

Penguin
Random House
Grupo Editorial

Primera edición: marzo de 2024

© 2023, Ariel Florencia Richards
© 2023, Penguin Random House Grupo Editorial, S. A.
Av. Andrés Bello 2299, of. 801, Providencia, Santiago de Chile
© 2024, Penguin Random House Grupo Editorial, S. A. U.
Travessera de Gràcia, 47-49. 08021 Barcelona

© Diseño: Penguin Random House Grupo Editorial, inspirado en un diseño original de Enric Satué

Printed in Spain – Impreso en España

ISBN: 978-84-204-7779-4
Depósito legal: B-17761-2023

Impreso en Unigraf, Móstoles (Madrid)

AL77794

Para Santiago, por acortar la distancia

Ella se despide de todo lo que cree que termina.
¿Y acaso pudo soportar alguna vez lo que termina?

OLGA OROZCO

Prólogo de la autora

Si bien la ciencia y la poesía han intentado describir la experiencia del tránsito de género con distintas analogías y metáforas, mi imagen favorita para explicar qué es transitar sigue siendo la que dio una niña trans chilena de doce años en una entrevista televisiva. Cuando le preguntaron cómo fue contarle a su mamá que ella era mujer, dijo: *Entró un aire. Fue hermoso. Respiré, me saqué, yo, me saqué hacia fuera. Fue como el viento.* En el video, que todavía se puede encontrar en YouTube, la chica aparece en una plaza santiaguina, un día soleado, sentada en un columpio, con el pelo tomado en una cola y una polera que dice *imagine everything.*

Cuando se le pone fin a un período de larga reclusión y mutismo voluntarios, las palabras no solo traen consigo un viento que se siente en el cuerpo, sino que resuenan inaugurales, como si nadie las hubiera pronunciado antes. Y es que esa novedad —que primero nos decimos a nosotras mismas y luego a los demás— es algo complejo y, a la vez, tremendamente simple. En mi caso, fue una frase de dos palabras que me demoré treinta y siete años en pronunciar.

A finales del 2018, el mismo año que se realizaron en Chile las marchas feministas más multitudinarias de su historia, me senté delante de mi terapeuta y después de un largo silencio, lo dije. *Soy mujer*. Y luego: *Eso es lo que me pasa*. Así comenzó un proceso de desmontaje de lo que yo entendía por identidad masculina, una coraza con la que circulaba por el mundo mientras no me atrevía a mostrarme. Si bien esa armadura estaba definida por acciones, también estaba sostenida en palabras. Quiero decir: quién era pasaba, principalmente, por nombrarme.

Judith Butler cree que el género no es estable, sino que se construye en el tiempo, como una repetición de actos performativos que generan la idea de un yo permanente. Y lo cierto es que el lenguaje y el cuerpo son posiblemente las herramientas performativas más poderosas que tenemos para desplegarnos pero también para remover o inquietar eso que no nos define y que nos incomoda. Las palabras que pronunciamos —que performamos y escribimos—, nos permiten comunicar quiénes somos. En ese sentido, el lenguaje nos da la posibilidad de cambiar.

Tengo un amigo sicólogo que está dedicado a acompañar a adolescentes y adultos durante su tránsito. A lo largo de su carrera, ha detectado una necesidad entre las personas trans de explorar con la escritura. Es que transitar también tiene que ver con enfrentarnos a las palabras que elegimos para reconstituirnos. En su tesis doctoral él sugiere que hay algo que nos falta en la transformación de nuestros cuerpos de un género a otro, que puede completarse a través de la narrativa. Y, vistas así, las palabras son también una tecnología que nos permiten encarnarnos en nuestros cuerpos de otra manera de la que se espera.

Antes de llamarse *Inacabada*, este texto tuvo varias formas y títulos provisorios. Primero se llamó *Un proyecto fantasma* y contó la historia de un joven ilustrador botánico que viajaba a la región de Aysén, donde descubría un bosque encantado en que las personas a las que les habían roto el corazón podían reencontrarse con sus antiguos amantes. Es decir, con sus fantasmas. Supongo que escribir esa historia (que ahora me parece algo melancólica y cursi) fue un cierre con mi vida afectiva masculina. Después de descartar ese texto, se convirtió —a partir de sus restos— en un diario de tránsito.

Tras esa versión, vino otra sin título en la que el amor y el tránsito se me presentaron como dos tácticas afectivas similares, ambas capaces de acercar distancias. Incluso la distancia de un sujeto con su centro. Y, si bien el ejercicio de narrar la propia biografía y sentirme autora de mi vida amorosa fue necesario, no era lo que quería publicar. Antes de encontrar su nombre definitivo y ya cerca de esta versión final, la novela tomó la forma de una carta de despedida que se tituló *Roma*. Ese texto reflexionaba principalmente sobre mi papá y la muerte. Su muerte, mi propia muerte en vida o bien lo que he ido dejando atrás.

Jamás guardé las distintas versiones de esos textos sino que las fui trabajando sobre el mismo documento. Editaba sobre lo que ya estaba escrito, sin control de cambios. Borraba capítulos y párrafos enteros como si estos hubieran cumplido su propósito, aunque nadie los hubiera leído. Sobre esos, escribí nuevos. Cambié frases de lugar y a pesar de todas esas acciones y comandos, de todos esos manuscritos superpuestos, reconocía dónde había puesto las palabras primero. Como si este procesador de textos en el que trabajo permitiera que quedaran huellas.

Ahora entiendo que todas sus versiones anteriores también son esta novela. Con mi pasado, mi forma de experimentar la masculinidad y su muerte. Creo que *Un proyecto fantasma* es *Roma* y que ambas son *Inacabada*. Este proyecto, o el texto en este estado, recoge las huellas de esos manuscritos pasados, del mismo modo que a veces reconozco en mí las ruinas de la persona que fui antes de transitar. Sin nombre, ya. Pero de una manera inmaterial, presente en lo que continúa.

Inacabada

Antes de que el avión despegara, M ya se había quedado dormida. Iba de brazos cruzados, con la cabeza apoyada en la ventanilla y la boca abierta, roncando suavemente. Juana, en el asiento del lado, estaba inquieta, y traía un libro entre las piernas. La muchacha había pedido pasillo porque los bloqueadores hormonales tenían efecto diurético y la hacían ir al baño todo el tiempo. Si bien Juana jamás en su vida había orinado de pie, ahora su vejiga se hinchaba demasiado seguido y tenía que sentarse en el baño por varios minutos a deshacerse de toda esa agua a través de un chorrito que escuchaba caer entre sus piernas con impaciencia. M no sabía de esto. Juana había intentado decirle sobre la terapia de reemplazo hormonal, pero ella no quería —o no podía— escuchar. No quería saber de nada que tuviera que ver con su tránsito. La muchacha creía a ratos que el problema era suyo, quizás no había encontrado los momentos adecuados para hablarlo, o quizás no se expresaba bien. Es que cuando trataba de explicarse, sentía que las palabras no eran suficientes.

¿Cómo era posible sentirse así? Juana adoraba a esa mujer que dormía a su lado y quería compartir lo que le pasaba no solo porque era la verdad, sino porque también era algo maravilloso. Cuando el avión comenzó a avanzar por la loza, vio a M echada, apacible y hermosa, con la boca semiabierta, y envidió ese nivel de abandono de sí misma. Sobre todo, sabiendo que pasarían cinco días enteros en una ciudad extranjera, evitando hablar del tránsito. Le había pedido a su madre que la acompañara a un congreso de estudios visuales donde iba a presentar algunos avances de su investigación. Cuando la invitaron a hacer esa ponencia, puso el nombre de M en el espacio del acompañante y ocupó un monto que tenía destinado a la investigación para comprarle el pasaje. Quería hablar con ella. Explicarle cómo se sentía, qué le pasaba. Romper ese silencio que venía embargándolas desde que había comenzado con las hormonas.

Juana creyó que, estando las dos juntas de viaje, se volvería a generar entre ellas un espacio de confianza para poder hablar. Pero a bordo del avión ya no estaba tan segura. En vez de abrir su libro, reparó en cómo las dos pequeñas manos de M estaban comprimidas en puños impenetrables y se fijó en la tensión que marcaban las venas de su cuello. Tenía el ceño fruncido y su mandíbula hacía una fricción que casi se alcanzaba a oír. En la pantalla que tenía frente a ella se vio a sí misma tiesa y aguantando la respiración. Rígida. Apegada ferozmente al asiento. Cuando las ruedas del avión se despegaron de la loza, la muchacha exhaló profundo y consideró la posibilidad de que ese silencio obstinado que crecía entre las dos no se sostuviera solo. Probablemente ella también era autora de ese paréntesis. Entonces soltó, de manera casi involuntaria, una palabra. *Mamá*, dijo tomándole la mano, y la mujer que iba a su lado no se movió.

Detrás de esa palabra, venían las otras, que llevaban esperando quizás demasiado tiempo para pronunciarse. Juana sentía cómo se estaban acumulando dentro suyo y comenzaban a pesar, le impedían desplegarse con naturalidad y avanzar hacia donde quería. Porque alrededor de ellas había un miedo paralizante. Miedo a ser incomprendida, a ser rechazada, a que la encontraran loca. Decirlas significaba, además, empezar. Y empezar era una forma de abandonar lo que ya no era suyo. Si era honesta consigo misma, enfrentarse a ese despojo era también dejar ir una dimensión posesiva y masculina. A medida que la ciudad y el aeropuerto del que habían despegado fueron quedando atrás, Juana sintió que ya no había retorno y admiró la ligereza con la que toda esa estructura de materiales metálicos se abría paso por el cielo. Este viaje sería el fin de su versión anterior y tendría, como fuera, que despedirse.

De niña ella ya sabía cómo era. Siempre lo supo. Aprendió a guardar silencio sobre su identidad. Primero fue en su casa, cuando comprendió que a sus papás les complicaba que ella quisiera verse y vestirse como una niña. Luego, en el colegio, cuando cumplió los diez años y a ella junto a sus compañeros de curso los comenzaron a preparar para la que sería su primera confesión. En el colegio al que asistía —una institución jesuita dedicada a educar «líderes con formación espiritual»—, les dijeron que ya estaban en edad de hacerse conscientes de esas malas acciones que les impedían ser felices, así que iban a recibir un sacramento que les mostraría el poder reconciliador de Dios. Una tarde, un sacerdote alto y de anteojos llegó a su aula y, paseándose con las manos en las espaldas, comenzó a explicarles cuáles —entre todas las acciones que existían— eran los pecados que debían confesar. Esa ronda que el cura hizo entre sus asientos parecía más bien una forma de acecho. Y Juana se sintió atraída por eso. Más que el perdón le interesó la idea mágica de que, al pronunciar unas palabras, su efecto se diluyera. Como un contrahechizo.

A los diez años, ella se veía desde afuera como un muchacho pálido y tímido. Y lo cierto es que no hablaba con nadie de sí misma. Jugaba sola y en los recreos solía pasearse, abrazando e inclinándose en las columnas que sostenían los pabellones del colegio mientras sus compañeros jugaban fútbol. Aunque tenía buenas notas, en clases se distraía con facilidad. Apenas tenía la posibilidad, dejaba de tomar apuntes, daba vuelta sus cuadernos y en las páginas finales se ponía a dibujar. Con un par de trazos hacía aparecer siempre a la misma mujer a la que representaba de perfil, y a la que iba recubriendo con vestidos, peinados y maquillajes distintos. Esa mujer se parecía a las actrices que le gustaban, sí, y también a su mamá, pero era —sobre todo— un espejo.

Juana y M compartían ciertos rasgos: la profundidad alrededor de los ojos, la palidez y una languidez permanente. Ambas eran tímidas y solían abstraerse con facilidad, tenían la misma forma de quedarse calladas por largo tiempo sosteniendo sus cabezas en una de sus palmas, mirando algo fuera de su campo de visión. Los dedos de sus manos eran igual de largos y de perfil sus caras eran muy parecidas. Pero no se referían nunca a sus semejanzas físicas ni tampoco respondían cuando otras personas se las hacían ver, porque eso abría la posibilidad peligrosa de tener que hablar de lo que no hablaban.

La hija recuerda que después de las jornadas de preparación para la primera vez que se confesaría, comenzó a sentir una mirada vigilante sobre ella. Ese ojo curioso y siempre atento que era a la vez el del sacerdote que se paseaba, el de Cristo, el de su mamá y el de ella misma, se había instalado cerca y comenzaba a vigilarla en cada una de sus decisiones. Aunque el cura insistía, durante sus rondas por la sala, en un dios flexible que perdonaba, Juana percibió su presencia como la de un intruso. Y creyó que, a través de la confesión, sería posible deshacerse de él. Así que cuando llegó el momento, avanzó con determinación hacia el final de la capilla, se persignó y le pidió al sacerdote que la perdonara por guardar silencio. El sacerdote la tomó de las manos y le aseguró que Dios perdonaba todos los errores, pero que guardar silencio no era mentir y, por lo tanto, no era un pecado. Juana iba a insistir en explicarle que escondía algo importante, pero el cura le guiñó un ojo y le dijo al oído, arrastrando las palabras, que debía rezar con mucha convicción para convertirse en el futuro en un hombre cariñoso y sensato.

La muchacha tragó saliva y extendió las piernas que apenas cabían entre los asientos de la cabina del avión. Elevó los brazos y con la punta del dedo índice encendió la lucecita que había sobre ella. Abrió el libro que traía entre las rodillas y leyó un pasaje en que la protagonista, una mujer que acababa de enterrar a su hijo, llegaba a la sección egipcia de un gran museo y se encontraba de frente con la estatua de una diosa esculpida para proteger los intestinos de Tutankamón. La estatua tenía los brazos delgados y extendidos como si «conjurara la oscuridad en la que el faraón estaba entrando». Tras hacer esa descripción, la autora se emocionaba: «Tengo esa inquietante sensación de que un lenguaje enterrado a mucha profundidad me recorre». A Juana, esa idea de un mensaje encriptado en el cuerpo le remitió a su propia dificultad para decirle a M lo que le pasaba. Y suspiró. Quedaban siete horas de vuelo.

Hace algunos meses se había ganado un fondo para hacer una investigación sobre obras de arte inconclusas en Chile para el centro de documentación artística en el que trabajaba. Por lo que estaba abocada a estudiar piezas que no habían sido terminadas: creaciones empezadas pero abandonadas por algún motivo. Se trataba de trabajos descartados y también de pausas que evidenciaban un proceso creativo a medio realizar. Para Juana, de alguna forma estas obras pendientes estaban suspendidas en el tiempo. Sus objetos de estudio quebraban la linealidad de la producción artística proponiendo un desajuste en las expectativas.

Durante las semanas previas al viaje estuvo dedicada a observar y analizar una escultura de mármol, sin autor, que había aparecido en la bodega del Museo Nacional de Bellas Artes. Su ficha de catalogación decía que estaba inconclusa, pero Juana sospechaba que había algo deliberado. En esa pieza se alcanzaba a distinguir tanto una figura humana, sin género aparente, parcialmente cincelada, como la forma natural de esa piedra extraída de su cantera. Y para ella, en esa dimensión intermedia, aparecía una posibilidad de verdad que no era visible, al menos no de inmediato. Vislumbraba ahí un fin no concluyente. «Oscura belleza de existencias. Apenas iluminadas por las palabras. Prisioneras de sí mismas y deshechas por el tiempo», decía al salir del museo egipcio la protagonista de su libro.

Antes de subirse al avión, la muchacha había destinado un momento a armar la maleta que llevaría al viaje. Delante de su clóset, consideró incluir prendas que no se había puesto nunca frente a su mamá: vestidos. Eligió un par que creía que le quedaban bien y que, pensó, le servirían por si hacía frío en Nueva York. Los dispuso con cuidado sobre la cama y les pasó la mano con cariño, mirándolos. Si bien ya había empezado el tratamiento de bloqueo hormonal que reducía su producción natural de testosterona, todavía no había cambios visibles y Juana seguía pareciéndose al que, por fuera, se veía como el hijo mayor de M. Pero cuando se ponía esos vestidos, sentía que se enfundaba en otra capa, suave y añorada, que la recubría y la reflectaba desde dentro.

La semana anterior al vuelo se transmitió en la televisión un debate en el que los aspirantes a la presidencia del país exponían sus propuestas. Durante su turno, uno de ellos —el de más edad— pidió un minuto de silencio en nombre de una víctima muerta en la represión de una marcha. Desde su cama, Juana vio cómo el candidato levantó su puño y pidió tener «un minuto de su lado». Alcanzaron a pasar seis segundos hasta que uno de los periodistas en el panel le agradeció la participación y dio paso al siguiente candidato. Esa interrupción alteró a la muchacha y esa noche lo ocurrido causó un pequeño revuelo en redes sociales. Juana leyó que los minutos de silencio pretendían suspender simbólicamente el curso habitual del mundo. Alguien en Twitter dijo: «El flujo de la existencia se detiene momentáneamente para dar testimonio del dolor sufrido», y otra persona aseguró: «En nuestro país nunca ha habido un minuto de silencio».

—Mamá —le dijo Juana a M, removiéndola un poco de su asiento—. ¿Viste el debate la otra noche?

Pero M no despertó. La madre trabajaba como profesora de lenguaje en un liceo para niñas y estaba por jubilar. Era una maestra exigente y cariñosa. Creía que la única herramienta capaz de acortar la brecha social era la educación y se había abocado a enseñarle a leer y a escribir a escolares a las que trataba con la misma dureza —y dulzura— que a sus hijas. De hecho, Juana y su hermana solían sentir celos de la atención que las alumnas de M recibían.

Juana había heredado de su madre el gusto por la lectura y antes del tránsito era común que conversaran sobre libros que habían leído al mismo tiempo. Las dos eran lectoras metódicas y aplicadas. Ambas ocupaban agendas de bolsillo en las que tomaban apuntes y llevaban sus calendarios. M escribía con una letra manuscrita que era suelta y diagonal, mientras que la caligrafía de Juana era pequeña, puntuda y apretada. La hija, al igual que su mamá, tenía una destreza natural para escribir en líneas perfectamente rectas aunque, después, muchas veces fuera incapaz de descifrar qué decían sus propias anotaciones. Las dos se reían de eso.

Vistas desde afuera, eran claramente madre e hija. Aunque M era baja y Juana alta, ambas luchaban de una manera parecida para mostrarse cómodas con sus cuerpos, aunque no lo estuvieran. Las dos llevaban el pelo corto —M una melena desordenada, y Juana el pelo decolorado y peinado hacia el costado, como un chiquillo—. Físicamente se parecían. Ambas eran de nariz larga y pronunciada, con ojos hundidos y bocas pequeñas. M tenía una expresión más suave y le gustaba andar con la cara deslavada, mientras que Juana, de rasgos más severos, se delineaba a diario los ojos con un grueso lápiz negro. Pero detrás de ambas caras había un cansancio común en la mirada. Si bien tenían un gusto parecido en cuanto a hombres, Juana no consideraba que su papá había sido particularmente bello, mientras M aseguraba que se había sentido atraída a él en lo físico. Las dos tenían una risa ahogada hacia dentro, se sonrojaban con facilidad y si se sentían incómodas, las dos se llevaban al mismo tiempo las palmas a esa zona ciega detrás de las orejas. Como si se tratara de un refugio.

Aunque en el pasado les gustaba conversar, el inicio del tránsito había afectado su relación. M se había replegado y Juana sentía que al insistir le hacía daño. Alrededor de la tregua en la que habían acordado instintivamente no tocar el tema, había un silencio incómodo. Más allá de ese silencio, Juana sentía tristeza. Entendía que a M le doliera ver desaparecer a su hijo mayor, pero para ella transitar era la única manera de no morir. A pesar de que ya casi no hablaban de nada que no fuera estrictamente necesario, la hija seguía creyendo que con su madre tenían una comunicación que iba más allá de lo verbal, un lenguaje mudo que, si aún existía, debía recuperar. Porque el mundo volvía, como siempre, a pasar por las palabras.

Sobrevolaban la cordillera cuando la cabina perdió presión y hubo un sobresalto general entre los pasajeros. Más allá del perfil de M, que permanecía inalterable, Juana vio una cumbre nevada. A la muchacha le parecía elocuente que se le dijera «ley del hielo» al hecho de ignorar a otra persona. Y más le gustaba que se «rompiera» esa ley cuando se le volvía a hablar. Siendo chica, había entendido que el silencio era también una forma de respuesta que se podía aplicar como castigo. Un verano, de vacaciones, en Aysén, junto a su mamá, la relación entre el frío y el silencio se le volvió especialmente clara. Envueltas en cortavientos y con botas de agua, se enfrentaron juntas a un glaciar colgante que llevaba siglos ahí, cambiando apenas de forma. Ese hielo suspendido entre dos rocas era un reloj geológico que marcaba un tiempo que parecía estar fuera del mundo, el del duelo. El enorme ventisquero que se alzaba sobre ellas vivía un ciclo de derretimiento lentísimo, imperceptible para cualquier vida humana. Sin embargo, tenía una grieta. El glaciar estaba muriendo y emergía desde su base una vertiente de aguahielo cuyas gotas las empapaban. Juana recordaba haber visto a su mamá ante ese ventisquero, mirándola de reojo desde el otro extremo de la lancha, como si adivinara la potencia que escondía dentro, su propia grieta.

¿Cuándo supo por primera vez? La hija creía que el inicio estuvo vinculado a la aparición de la vergüenza en su infancia. Cada vez que se asomaba tal como era ante los demás causaba sorpresa, desconcierto y, al final, dolor. Sobre todo en las personas que más cerca estaban: sus papás. Esas expresiones espontáneas de femineidad de su hijo mayor exponían algo de lo que ellos no querían hablar. Ni al interior de su matrimonio, ni dentro de la familia, ni fuera de esta. Con nadie. Así que, siendo chica, Juana aprendió a guardar silencio. No era un silencio cómodo ni cómplice, sino más bien acumulativo. En la medida en que más lo experimentaba, más crecía. Pero todos los escondites consideran espacios de descompresión. El baño, a puertas cerradas, y el espejo se transformaron en una suerte de intersección donde, mirándose, podía comprobar que detrás de esa apariencia de muchacho pálido seguía estando ella misma.

Por la época en que hizo su primera confesión salía a dar vueltas en su bicicleta por las tardes y sentía que podía dejar aparecer a la niña que era. A veces pedaleaba en línea recta por la misma calle hasta que oscurecía y otras veces dibujaba con su ruta intrincados laberintos entre los pasajes que se encontraban cerca de su casa. Arriba de la bicicleta se sentía libre y valiente. Fuerte y ligera. Andando rápido podía vislumbrar los mundos secretos que escondían esos jardines a través de los muros y rejas del barrio. Entonces pedaleaba más fuerte y el viento la azotaba, animándola a más. Experimentaba así un revuelo de emociones que exasperaban su cordura, su contención y su obediencia.

M murmuró algo indescriptible y se reacomodó en su asiento. Juana había invitado a su mamá a este congreso porque le parecía una buena ocasión para reencontrarse y hablar, pero ahora, viendo a esa mujer dormir a su lado, se preguntó si es que quizás no le había tendido una trampa y la estaba arrinconando. Una voz le consultó con amabilidad si iba a comer. Juana levantó la vista y negó con la cabeza.

—¿Y tu mamá? —preguntó la azafata señalando a M, que estaba encogida tras la manta.

—Imposible despertarla —dijo la hija.

En el libro que leía, la protagonista —una detective que había perdido a su hijo de tres años—, decía que el mundo en todas partes era el mismo y que viajar era una pérdida de tiempo. Era una novela que años atrás su primera pareja le había regalado y que nunca había leído hasta entonces. Ese nombre que Borja había escrito con amor ahí, para dedicársela a ella en la primera página, ya no era el suyo. Se habían conocido años atrás en el campus donde los dos estudiaban. Ella, historia del arte y él, leyes. Un día, Borja asistió a un congreso sobre arte y memoria en el que la muchacha participaba. Se sentó al medio de la audiencia. Traía puesta una camisa clara y un chaleco gris, con botones. Al final de las presentaciones, Borja levantó la mano y le hizo a la muchacha una pregunta que no supo responder. Juana lo vio devolver el micrófono y luego estirar sus brazos sobre la cabeza, satisfecho. Triunfal. Fue ella la que lo buscó después. La que se acercó a hablarle mientras él fumaba afuera del auditorio. Serio. Conforme con haberla hecho sentir incómoda. O eso creía Juana. Le dio las gracias y él la invitó a salir.

Borja no era un muchacho especialmente hermoso, pero tenía cierta seguridad que lo hacía atractivo. Una claridad sobre sí mismo que los demás de su edad todavía no descubrían. Ladeó la cabeza y dijo que le gustaría conocerla. Ese fue el principio. A Juana le impresionó la dulzura con que la miraba cuando empezaron a salir. Les gustaba andar en bicicleta y luego echarse a conversar. Donde fuera, en el pasto del campus, en el sillón de una cafetería o en la casa de sus papás. A veces, cuando Juana lo veía de lejos en los pasillos de la universidad, o apoyado en un arco del patio, se preguntaba si ese muchacho se parecía a su papá, pero luego, cuando se acercaba y se saludaban con un beso en la boca, la inquietud por la semejanza desaparecía. Borja arrastraba otra historia.

Juana cerró los ojos, sintió el perfume de su mamá mezclarse con el aire acondicionado de la cabina y el avión recuperó su estabilidad. Siendo adolescente, Juana soñaba con ser como la protagonista de la novela que ahora leía, conocer las ruinas de las grandes civilizaciones, recorrer museos, resolver misterios y desenterrar piezas que llevaban mucho tiempo bajo tierra. Uno de sus deseos más persistentes era ir la antigua ciudad en la India donde van a morir quienes quieren romper con la rueda de reencarnaciones. Juana fantaseaba con ver el sol ponerse en Varanasi y a los veintisiete años, después de ahorrar por un largo periodo, por fin viajó a conocer esa vieja ciudad. Una noche, en una estación de trenes en Bihar, quizás por descuido, cansancio o abandono, se confundió y abordó el tren que avanzaba en dirección contraria. Solo después de varias horas de viaje, la muchacha advirtió su error. Así que apenas pudo, se bajó en una estación que parecía emplazada en medio de la nada, cruzó los rieles y esperó en el andén opuesto. Es que tomar el tren equivocado en la India podía equivaler a mucho más que perderse.

Cuando una vieja máquina se detuvo en la estación la muchacha no lo pensó. Dio un salto y se subió a bordo, evitando que le pidieran el boleto. Dentro, los pocos pasajeros que había parecían dormir y no se veía ningún guardia. Así que se sentó a ver cómo la madrugada comenzaba a insinuar el paisaje.

Justo cuando la sombra de la noche se desteñía, apareció desde el final del vagón un militar con una metralleta cruzada en el pecho. Apenas le dirigió una mirada, pero la muchacha alcanzó a ver sus pequeños ojos yendo de un lado al otro. A los pocos minutos el hombre volvió, se sacó la boina y se pasó los dedos por el pelo. Luego levantó una de sus piernas, la apoyó sobre el asiento vacío, y le preguntó a dónde iba. Con un hilo de voz, Juana le respondió que a Varanasi. Él asintió y la miró entre las piernas. Preguntó de dónde venía y antes de que ella pudiera completar el nombre del país, dijo: Ahá. ¿Allá hay hombres como yo? Muchos, le explicó Juana. ¿Sabes por qué somos conocidos?, le preguntó el militar. Juana negó con la cabeza. Por el grosor de nuestros penes, le explicó. La muchacha no supo qué responderle. A veces son así de gruesos, dijo midiéndose la muñeca.

El tren barría con el desierto allá afuera. Por un instante Juana imaginó que iba a terminar muerta, con un balazo en la cabeza, arrojada en esa extensión seca. El tipo dejó su metralleta a un costado de los asientos y se instaló frente a ella con las piernas abiertas. Sus pantalones estrechos le marcaban el bulto. La muchacha sintió terror y también una pulsión extraña, parecida al deseo. Pero no alcanzó a experimentarlo. Porque en el momento en que ese soldado extendió su mano hacia ella, Juana ya no estaba del todo en su cuerpo, se encontraba yendo y viniendo, aceleradamente. Iba con la mirada del vagón al paisaje y de su asiento al del hombre. De arriba abajo y de un lado al otro. Así que cuando la mano del militar se posó sobre la entrepierna de la muchacha, ella se estremeció. Y en vez de gritar o apartarlo, eyaculó.

Juana notó que la cara del soldado había cambiado. Percibió cierta vergüenza infantil en su expresión con la que ella también se identificó. Cuando la muchacha se levantó, él retrajo su mano. Balanceándose como pudo,

Juana avanzó hacia el otro extremo del vagón mientras notaba cómo el pantalón se le empezaba a manchar. Dentro del baño no había espejo, ni agua, ni papel higiénico, así que Juana sacó la cabeza por la ventana y sintió el viento darle un golpe en seco en la cara. El vagón se fue iluminando con la luz dorada que llegaba del final del descampado.

Más allá, la esperaba el río y un correo electrónico con el que se enteraría de la muerte del hermano menor de una amiga. Un accidente. Una muerte sorpresiva y brutal en una autopista de Santiago. A Juana, que no conocía a ese muchacho, le afectaría esa vida arrebatada de súbito. Durante el día vería niños haciendo explotar petardos en las calles de Varanasi mientras el sol se extinguiría tras una niebla estancada. Vería a mujeres y hombres celebrar la noche más oscura del año. Todos estrenando ropas nuevas al abrir las puertas y ventanas de sus casas recién pintadas, para dejar entrar la luz deslumbrante de los fuegos artificiales. Vería cadáveres humanos despedazados por perros hambrientos en la orilla del río, ojos de hombres locos iluminados por piras funerarias y columnas de humo elevándose a lo alto. Lejos de la muerte de ese niño, pero sintiéndola próxima, tendría la impresión de que los finales abruptos también podían ser experimentados como una continuación. Aunque quizás esa no fuera la palabra.

La madre soltó un ronquido que sacó a Juana de sus recuerdos. El avión atravesaba el cielo nocturno y dentro de la cabina se percibía un zumbido mecánico y persistente acompasado por los resoplidos de los pasajeros. De pronto la muchacha advirtió que alguien se acercaba por el pasillo. Era un hombre que daba pasos cortos y que apenas la rozó con el muslo al pasar, pero alcanzó a incomodarla. Lo vio acercarse a una azafata para discutir algo en voz baja. Al mismo tiempo su mamá se cruzó de brazos. Nada decisivo había pasado entre ellas desde que el avión había despegado y, por lo mismo, Juana estaba ansiosa.

—Mamá —le había dicho la hija unas semanas antes, en un restorán que les gustaba a las dos, después de almorzar—, voy a empezar un tratamiento de reemplazo hormonal.

M le sostuvo la mirada, inalterable.

—¿Tienes mil pesos?

—¿Cómo?

—Mil pesos.

Juana se demoró en entender.

—Creo que sí —le dijo buscando en sus bolsillos.

—Es que no sé si tengo efectivo para pagar el estacionamiento —le respondió M llevándose el pelo al costado.

Juana encontró un billete y se lo extendió por sobre la mesa. M lo recogió, lo apretó en su puño y con la otra mano pidió la cuenta. La hija extendió sus palmas abiertas, intentando alcanzar las de su mamá, pero M hizo como que no la veía. Antes era su mamá quien le pedía besos con cada saludo, pero ahora había delimitado el tacto a lo mínimo. Casi no se tocaban. La piel de la muchacha era el envoltorio de su cuerpo, pero también un sistema de comunicación sensible con su entorno. Juana quería ser vista tanto como acariciada. De otra manera, la vida no resultaba posible. La muchacha sentía su piel registrando todas las fluctuaciones de temperatura de lo que tocaba. El brazo tibio de M, la tela áspera y fría del asiento. Juana había leído que la piel era paradójica, pues contribuía a un orden orgánico e imaginario del mismo modo que era «una capa protectora de individualidad y medio de intercambio».

Le dolían los pezones con el roce de la polera, y pensó en que quizás le estaban empezando a aparecer los botones mamarios. La idea le produjo entusiasmo y terror a la vez. ¿Qué pasaría si M los notaba? Se llevó las manos al pecho y sin buscar el sueño, se quedó dormida profundamente. Con el peso, su cabeza se fue inclinando hacia el costado, hasta caer sobre el hombro de su mamá y las dos, lejos de sus cuerpos, se quedaron así, sosteniéndose.

Juana soñó que M la mandaba a comprar pescado para el almuerzo y ella tenía que correr por los callejones de una ciudad porteña, hasta que llegaba a un mercado callejero donde el piso estaba mojado y el puesto de pescados ya se había desmontado. Alguien le explicaba, en un idioma que apenas entendía, que tenía que seguir buscando más abajo, cerca de la orilla. Y hacia ahí se dirigía hasta que, al fondo de un pasaje de casas pareadas, veía dos enormes anguilas negras arrojadas en el piso. Cuando se acercaba, notaba que agonizaban. ¿Le servirían para el almuerzo? No quería matarlas. Justo cuando iba a recogerlas, aparecía detrás de ella una jauría de perros rabiosos. Juana, aterrada, les pedía a los perros con las manos que se tranquilizaran pero ellos, con los hocicos llenos de espuma, la rodeaban y le mostraban los dientes. Entonces alguien, que parecía estar fuera del sueño, le decía con claridad que eligiera bien lo que iba a hacer. Y le recordaba que debía alimentar no solo a ella y a su mamá, sino a muchas más. ¿Cuántas más?, preguntaba Juana sin moverse. Y la voz le respondía: Unas cincuenta madres e hijas.

Cuando volvió a abrir los ojos, había amanecido y un rayo de luz solar iluminaba a M de costado. Ese dorado acentuaba sus hermosas arrugas y a la vez dejaba la mitad de su cara en penumbra. Juana quiso despertarla y decirle que la hacía feliz tenerla cerca, pero cuando su mamá abrió los ojos no fue capaz ni siquiera de preguntarle si había dormido bien.

—Hola, mi amor —le dijo M haciendo sonar los dedos, Juana le respondió con una sonrisa.

La vio refregarse los ojos, le pareció extraordinario que alguna vez ella misma hubiera estado dentro de ese cuerpo que desperezaba a su lado.

Llegaron al aeropuerto JFK una mañana despejada de septiembre. El avión aterrizó sin problemas y lo primero que M dijo cuando tocaron suelo fue que le dolía una muela. Juana no respondió, pero después de pasar por la aduana y recoger sus maletas, esperando un taxi afuera del terminal, la miró y le preguntó si el dolor era intenso. M sacó su pequeña mano del bolsillo del abrigo y la agitó en el aire, quería decir que le dolía, pero al mismo tiempo que era soportable. Juana asintió y se preguntó si no sería una forma de manipulación. Con inquietud, y también con sueño, se quedó mirándola. Sabía que M todavía la veía como a su hijo mayor y que a sus espaldas se refería a ella con su antiguo nombre.

Al nombre propio antes de la transición se le suele decir *nombre muerto* y para algunas personas, tras las hormonas, se vuelve impronunciable. Pero a Juana le gustaba el suyo. Había dicho *presente* en clases cuando sus profesoras pronunciaban ese nombre, se había enamorado de hombres que la llamaron por ese nombre. De hecho creía que ese nombre estaba solo parcialmente borrado y cuando corría viento, como esa mañana en que llegó a Nueva York con M, se daba cuenta de que seguía con ella.

Durante el trayecto al hotel, madre e hija se mantuvieron calladas, salvo un momento en que las miradas de las dos coincidieron en las tumbas del cementerio que se veía desde la autopista; con lomas cubiertas de cruces y lápidas de cemento. *Ahí*, dijo el hombre que conducía, *hay enterrados más de tres millones de cuerpos.* M se giró y le preguntó si era un cementerio católico. Sí, lo era. Y después Juana leyó desde su teléfono que, según Wikipedia, la primera persona enterrada ahí había sido una mujer que murió «de corazón roto». M, que iba adelante, se quedó mirando por la ventana y se llevó la mano a un costado de la cara, como si ese dato le provocara un desinterés profundo. Juana pensó en un desamor parecido a la muerte.

El hotel estaba ubicado al centro de la ciudad, a la altura de la calle 52, y la pieza a la que las llevaron después de registrarse se encontraba en el piso 12 y ½.

El recepcionista les explicó que a los huéspedes —en general— no les gustaba el número trece y, por eso, ciertos hoteles en la ciudad lo omitían. M, que era supersticiosa, asintió. La de ellas era la primera puerta a la derecha, junto al ascensor. La pieza estaba alfombrada de azul y la ventana, que daba a un edificio corporativo, estaba enmarcada por unas cortinas pesadas de color amarillo. Tenía dos camas con cobertores acolchonados y suaves, y frente a ellas había un sillón, un escritorio, un armario y un espejo. Mientras Juana acomodaba las maletas junto al ropero, vio cómo M echaba una mirada alrededor y sin sacarse el abrigo se sentaba en un extremo de la cama que había elegido para ella. Se sorprendió al descubrir a su mamá llevándose con disimulo la mano a la mandíbula.

—¿Te pasa algo?

M negó con la cabeza y como para desviar la atención, abrió su cartera y se pasó el cepillo por el pelo. Juana reparó en que sobre ella se encontraba el único cuadro que colgaba en la habitación, una marina. Ahí, el mar parecía azotado por una fuerza oscura e insolente como si viniera desde las profundidades. De hecho, las olas parecían estar realizando una ceremonia de exorcismo. Las crestas, rompiéndose en una espuma acentuada por pincelazos blancos, le produjeron una consternación porque parecían al mismo tiempo la conclusión de las olas, como una culminación, y manchas que intentaban recubrir algo. Intentó descolgar la pintura para ver si en el retiro del bastidor había alguna marca o firma, pero el cuadro estaba pegado al muro.

M insistió en que salieran a dar una vuelta, así que eso hicieron. Una vez en la calle, Juana compró un café para ella y un té con leche para su mamá. A los pocos pasos, la madre se detuvo y le dijo a su hija que no aguantaba más. En un principio Juana pensó que iban a tener ahí mismo, en plena vereda, con sus vasos desechables en la mano, la conversación que venían evitando. Eran las nueve de la mañana. Pero M cerró los ojos, soltó su té, que explotó contra el pavimento y se llevó la mano a la mejilla. Con un balbuceo, le explicó que le dolía. ¿Mucho?, preguntó Juana acercándose. Como si le hubieran pegado un martillazo en la mandíbula, respondió. ¿Qué hacemos?, le preguntó la hija.

—Quiero morirme de dolor —le dijo M.

Juana la tomó del brazo y dejaron atrás la poza de té. Sintió que el cuerpo de su mamá temblaba. Desde el lobby del hotel llamaron a la aseguradora y consiguieron una hora de urgencia en un consultorio dental cercano. Mientras esperaban, M se mantuvo recostada en un sofá de la entrada. Con la cabeza inclinada hacia atrás, despierta pero con los ojos cerrados. Juana, en cambio, se dedicó a hojear su libro, pero no pudo leer nada. Al poco rato el recepcionista les hizo una seña, una especialista las esperaba. Caminaron las siete cuadras que las separaban de la consulta, donde una joven dentista sin expresión en la cara —que a las dos les pareció hermosa—, examinó la boca de M y les explicó sin más rodeos que iba a tener que sacarle la pieza infectada. ¿Es grave?, preguntó la hija. Sería grave que no la sacáramos, respondió la dentista.

Un poco en broma, Juana dijo que si el viaje empezaba así, se imaginaran cómo acabaría. Pero ni su mamá ni la doctora se rieron. Mientras sedaban a M, la dentista se tomó el pelo en un moño apretadísimo y apartó a Juana a un lado de la consulta. Con un susurro le explicó que seguramente su mamá se había quebrado la muela durante el vuelo. ¿Cómo?, quiso saber Juana. Apretándose los dientes hasta reventarse una pieza, le respondió como si le estuviera pasando información de contrabando.

En la puerta del pabellón M le extendió su cartera y con lo que le quedaba de voz le dijo que iba a estar bien. A Juana no le impresionó que fuera ella quien la tranquilizara y se emocionó al ver la cabeza despeinada de su mamá alejarse en la camilla hacia el final del pasillo. Una asistente le explicó que la operación duraría cuatro horas y aunque esa porción de tiempo en un principio le pareció razonable, una vez que salió a la calle Juana se sorprendió a sí misma sin saber adónde ir. Estaba abrumada y hacía calor así que caminó con los brazos cruzados hasta que se topó de frente con el edificio de la biblioteca pública en la calle 42. Ahí se sentó por un momento en las escaleras. Vio sumergirse en la boca del metro a pasajeros recién bañados y a otros salir con los pantalones húmedos y marcas de sudor en las camisas recién lavadas. Se refregó los ojos, sintió el peso del vuelo en su cuerpo y mirándose las manos manchadas con restos de delineador, se preguntó si pedirle a su mamá que la acompañara no había sido una pésima idea.

Pensó en escribirle a Borja. Desde que habían retomado contacto, se sentía cómoda a su lado, aunque no hicieran más que estar echados, sin decirse mucho. A ella le gustaba verlo barrer. Borja se había ido alejando gradualmente de la práctica de las leyes y había arrendado un viejo galpón junto al cerro Cárcel, que antes fue una fábrica de telas y maderas. Cuando abrió las puertas por primera vez, encontró que el lugar estaba cubierto de polvo, tierra y basura porque llevaba varias décadas abandonado y lo primero que hizo fue barrerlo. Después de limpiar se suele hacer desaparecer la mugre. Botarla. Quitarla de la vista. Pero en vez de eso, lo que hizo Borja fue acumular el polvo, la tierra y la basura que cubrían el piso del galpón, y los depositó en una esquina del lugar. Ese era, pensaba Juana, el primer gesto de apropiación que había tenido.

Lo que Borja hacía en ese galpón, además de experimentar con un torno haciendo cerámicas, era observar cómo las cosas pasaban. Juana se quedaba tiempo ahí, en ese enorme lugar, acompañándolo y cuidándolo. Cuando iba a Valparaíso a conversar y a trabajar al lado del hombre que había sido su primera pareja, lo observaba mientras él se movía de un extremo al otro. Había presenciado cómo él hablaba solo mientras se internaba en el jardín del galpón y arrastraba los materiales hacia el torno. No era que la ignorara, sino todo lo contrario, pero se olvidaba de su presencia ahí. Y así, la muchacha sentía que podía estar, tranquilamente. Ambos entendían que sus identidades se desplegaban en la medida que pasaban tiempo, juntos, solos, en ese lugar. Juana sentía que su tránsito era una fuerza que se había iniciado, que avanzaba, pero que no tenía un fin. Y que ocurría cuando tenía dónde.

Pero no llamó a Borja. Repasó las fotos que había tomado en su galpón durante sus visitas y a medida que iba pasando sus dedos por esas imágenes que desfilaban por su teléfono, fue recuperando un ritmo acompasado de respiración. Pronto perdió interés en lo que ocurría en la pantalla y sintió que por fin había llegado a esa ciudad en la que había vivido hace seis años.

Después de extraerle la muela infectada, a M le recomendaron reposo absoluto. La dentista sin expresión le recetó analgésicos y antibióticos, y sugirió que podía dormir durante todo lo que quedaba de su estadía en la ciudad. Pero M no tenía sueño, de hecho insistió en volver caminando al hotel. Una vez de vuelta en la habitación del piso 12 y ½, Juana vio cómo su mamá se ponía una camisa de dormir, se acomodaba entre las sábanas y comenzaba a responder con entusiasmo los mensajes en su teléfono. Eran las tres de la tarde y ambas se quedaron en silencio. A Juana en general le gustaba estar callada en compañía, así que decidió acomodarse, sacó de su cartera el libro que Borja le había regalado.

Era la primera vez que volvía a Nueva York como turista. Echaba de menos su vida pasada de estudiante, pero no romantizaba esos años porque también se había sentido tremendamente aislada. Fue durante esa época que comenzó a estudiar obras sin terminar, trabajos raros, descartables, menores, que en general no se exhibían en los museos, sino que se encontraban en archivos o colecciones particulares. Muchas obras inconclusas se consideraban piezas fallidas. Solo unas pocas solían estar catalogadas, y eran escasas o de difícil acceso. A ella eso le acomodaba porque tampoco le gustaban los museos. Iba solo si podía llegar muy temprano, apenas abrían, y se instalaba en las bancas de las salas a ver a parejas de viejos paseándose delante de las obras. Los veía de espaldas, asintiendo o ladeando la cabeza. Los veía discutir, señalar algo en las pinturas y luego alejarse a otra sala. Esas rondas sin despedidas le encantaban. Desde chica admiraba la intimidad espontánea que se generaba entre una pintura y quien se ubicaba delante, ella misma ocupaba esa cercanía para dejar que las ideas, fueran las que fueran, surgieran con libertad.

Su museo favorito era el Met Breuer, un enorme edificio construido a mediados del siglo pasado. Dentro de ese bloque de concreto, casi sin ventanas, la muchacha había tenido la impresión de estar en un templo sin dioses, como si las imágenes respondieran a sí mismas. Ahora ese espacio estaba clausurado, pero Juana recordaba con claridad que ahí había visto, años atrás, una muestra de obras inconclusas que reunió pinturas religiosas del siglo XV abandonadas a medio camino, con autorretratos de diferentes autores apenas boceteados. Recordaba uno de Van Dyck en que su rostro aparecía girado y envuelto en una enigmática niebla que no era sino el mismo lienzo. Y los trazos de Heinrich Reinhold que con pocas líneas había capturado el esqueleto de un paisaje: las cimas de las montañas sí habían sido perfiladas y parecían suspendidas.

También había un retrato de Alice Neel empezado en 1965, el año en que el gobierno de Estados Unidos decidió aumentar radicalmente las fuerzas terrestres en Vietnam del Sur. Por esa época la artista conoció a un joven James Hunter y le pidió que posara para un retrato. Hunter acababa de ser reclutado para la Guerra de Vietnam y tenía programado irse dentro de una semana. Siguiendo su práctica habitual, Neel empezó a delinear el cuerpo directamente sobre el lienzo y luego rellenó con pintura algunas partes de la cabeza y las manos. Pero el muchacho no regresó para su segunda sesión y Neel declaró que el trabajo estaba completo en su estado inacabado. Lo firmó en su parte posterior, dejando el rostro de Hunter definido a la perfección, pero con unas orejas solo insinuadas, como si al estar sumido en sus pensamientos escuchara otra cosa.

Había puestas de sol insinuadas por William Turner y manchas verdes sin título sobre lienzos crudos de Cy Twombly. Manos hechas con un par de trazos, cuerpos sin rostro y sombras en vez de presencias identificables. La idea que rondaba esa muestra era la ausencia, como si a esas obras les faltara algo. Pero ¿qué? A Juana le intrigaban porque las consideraba fantasmales y, de alguna forma, subversivas. Piezas que se negaban a transformarse en algo concluido.

Durante el Renacimiento, cuando empezó a instalarse la idea de autoría individual, hubo artistas que dejaron intencionalmente obras sin terminar y otros que antepusieron la palabra *faciebat* a su nombre en la firma de sus obras. Ese término, en latín, se podía traducir como «siendo hecha por» y dejaba abierta la posibilidad de que la obra siguiera terminada y en proceso de forma simultánea. La piedad de Miguel Ángel, ese enorme abrazo de mármol de una madre al cuerpo quebrado de su hijo, estaba firmada así. A Juana le atraía esa idea de continuidad porque consideraba el paso del tiempo como un factor que incidía en la obra, incluso el tiempo después de la muerte de su autor. Es decir, consideraba que las obras seguían haciéndose en la medida en que seguían siendo interpretadas. Inquieta por el silencio de la habitación, giró la vista para preguntarle a su mamá cómo se sentía y la encontró dormida con el teléfono en las manos, como rezando.

Juana se percató de que, aunque no había oscurecido, la luz del velador iluminaba a M que dormía de perfil y resoplaba suavemente. La hija se puso su impermeable verde oliva, e intentando no hacer ruido, se calzó unos botines cortos y salió a la calle. Afuera corría un viento templado que barría con el calor de los últimos días del verano. En la misma calle del hotel encontró un deli abierto con un bufet donde seleccionó pequeñas porciones de preparaciones distintas, pidió servicio para llevar y en vez de regresar a la habitación en el piso 12 y ½, enfiló hacia el Central Park. Conocía una terraza frente a la fuente del ángel donde podía comer tranquila. Al llegar a la Bethesda Terrace, Juana se sorprendió de que el lugar fuera tan similar a como lo recordaba, se sentó en uno de los podios desde donde se veía la fuente y notó cómo las luces de los edificios corporativos que comenzaban a encenderse formaban un enorme halo púrpura en el cielo.

Le dio un par de mordidas a lo que había elegido, pero nada le gustó. Dejó su plato al lado y se dedicó a mirar cómo los hombres se elegían unos a otros. Todos estaban dispuestos a desviarse de su aparente trayectoria y perderse entre los arbustos para tener un encuentro casual de sexo, tanto los que trotaban como los que caminaban con las manos en los bolsillos. Se llamaban sin hablarse, bastaba una inclinación de la cabeza o un guiño de los ojos para indicar consenso.

A ella esa forma de lenguaje siempre le pareció imposible y hermosa. Nunca supo cómo abordar lo que deseaba. Solo tras empezar su tránsito se atrevió a abrir una cuenta en una aplicación de citas y, sin pensarlo, le empezó a dar *like* a fotos de torsos de muchachos que, en su mayoría, escalaban cerros. Fantaseaba con encuentros con cualquiera de ellos, imaginaba que los desvestía mirándolos a los ojos, pero también imaginaba una visión aérea que le permitía verse a sí misma y a su amante desde arriba. Quería supervisar desde lo alto cada una de las decisiones que iría tomando el hombre que la penetraría. En la aplicación, Juana tuvo conversaciones breves e incómodas. Le preguntaron si tenía pene, de qué tamaño era y si todavía experimentaba erecciones. Algunos quisieron saber si cobraba por sexo y si era así, cuál era el precio por una hora. Después de varias conversaciones inconclusas, acordó juntarse con un muchacho de cabeza rasurada y diez años menor. Decía trabajar como mecánico en un taller automotriz y le aseguró que nunca antes había estado con una mujer como ella.

Juana lo recibió en la puerta de su departamento. Era más alto que ella y estaba nervioso, lo que le gustó de inmediato. Traía puesto un overol de mezclilla con los botones mal abrochados, su chaqueta en una mano y una bebida energética en la otra. Después de hacerlo pasar, Juana miró con atención cómo el muchacho se movía por el departamento, con lentitud. Él echó un vistazo alrededor, abrió su lata, la miró y le dijo que ella le parecía bonita. Juana mencionó que él tenía lindas manos. Era cierto. Anchas y con los nudillos marcados. ¿Esto te ayuda a estar más tranquila?, preguntó él, pasándole la palma por la cara. Su piel era áspera y estaba manchada con aceite de motor. Ella asintió y miró al piso, le temblaban las piernas. Él debió notarlo porque, con tranquilidad, dejó su bebida al costado y le dio un beso. Su saliva era ácida.

Juana jamás había estado cómoda desnuda frente a otra persona, pero esa tarde, mientras se fue sacando la ropa, el desconocido que tenía al frente se encargó de hacerla sentir bien. En un momento él se apartó y le dijo que le gustaba tener sexo con la polera puesta. Juana lo miró extrañada y el muchacho le contó que siendo adolescente había tenido sobrepeso y que tras perderlo, la piel nunca se le terminó de ajustar. La naturalidad de esa confesión hizo que ella se sintiera liviana y de alguna manera bonita, así que lo tomó de la mano y lo llevó a la cama. Juana se desvistió por completo, se sentó sobre él y tomándole el pene con una de sus manos, lo guio. A pesar de que sintió placer, la muchacha mantuvo los ojos cerrados durante el resto del encuentro. Si existía la virginidad, la estaba perdiendo a ciegas. Después de eyacular, el muchacho se puso los calzoncillos y salió a fumar a la terraza. Juana lo siguió. Lo encontró de espaldas, mirando el cielo. Hacía frío y había oscurecido, sintió ganas de abrazarlo, pero él, mirándola de costado, le dijo que le incomodaban las muestras de afecto después del sexo.

El muchacho se fue de su departamento sin saber que hasta entonces ella no había permitido que nadie la penetrara. Unos días después, le contó a Borja lo que había ocurrido. Él respondió: ¿Me estás hablando en serio? Ella le envió el emoji de damasco y el de berenjena. El año que estuvieron juntos nunca tuvieron sexo. Como respuesta, Borja le mandó el emoji de fuerza y le dijo *campeona*. Luego, en otro mensaje, le preguntó cómo se había sentido. *Bien*, respondió ella y Borja quiso saber si había «perdido» algo. *El miedo*, dijo ella.

Después de ver cómo dos desconocidos se abrían paso entre los arbustos del parque, Juana recogió su plato, lo envolvió en la bolsa y lo tiró al tacho de la basura. Pasó por el lado de la estatua de bronce que representaba a un ángel alado y se detuvo un momento ahí. Volvía a estar, por fin, siendo ella misma. De vuelta al hotel, en la habitación del piso 12 y ½, comprobó que M seguía durmiendo, esta vez con la boca abierta, así que sintió la confianza de acercarse. Le removió un mechón de pelo que le cubría los ojos y le dio un beso en la frente. Tenía la piel tibia y húmeda.

Existía un grabado a punta seca de James McNeill Whistler en el que aparecía una mujer de dos cabezas, durmiendo. El artista aprendió el grabado como un proceso experimental en el que ciertas partes de una imagen podían dejarse sin desarrollar. Para hacer aparecer cuerpos y paisajes raspaba líneas en la lámina de cobre y antes de terminarlas, las entintaba e imprimía. En 1863 dibujó a una mujer reposando sobre una especie de arco y bajo ella, entre los trazos brutales con los que se insinuaba su ropaje, dejó a la vista una segunda cabeza, también femenina, donde debieran estar sus pies. Ambos rostros estaban en el mismo eje, pero espejados, mirando a lados opuestos. Según algunas estudiosas del arte, Whistler cambió de opinión mientras trabajaba, dio la vuelta la lámina y comenzó el diseño de nuevo. Pero quizás esa imagen principal de una mujer lánguida, echada sobre una reposera, consideraba una proyección secreta de sí misma. Representada en un rostro flotante. Una idea independiente e incontrolable de sí misma que aparecía claramente mientras descansaba.

Juana se tumbó en la otra cama y aunque se propuso solo cerrar los ojos por un momento, para más tarde repasar la presentación que debía hacer al día siguiente, se quedó dormida. Despertó con el ruido que hacía M al dar vuelta las páginas del diario. La hija se giró y la encontró recostada, con los anteojos puestos, leyendo distraídamente. En la bandeja que estaba a su lado había restos de desayuno. Juana le preguntó si había amanecido con dolor y M dijo que se sentía como nueva.

La hija cuestionó si eso podía ser verdad y le extendió la mano para dársela, pero no alcanzó a tocarla. Sin desviar la mirada del diario, M le sugirió que tomara algo de desayuno. *Sí, mamá,* dijo Juana. Pero la muchacha se giró sobre sí misma y se quedó mirando las molduras del techo.

—¿Te vas a duchar? —quiso saber la hija.

—Puede ser —respondió M y luego comentó que en la sección de opiniones había encontrado una columna que hablaba de la importancia de leerle cuentos a los niños. La madre hacía eso con la hija cuando era chica.

—Mamá —la interrumpió Juana—. ¿Por qué nunca aprendiste a nadar?

M seguía ojeando el diario.

—No sé, mi amor. Me han dado tantas explicaciones, desde psicológicas hasta físicas, que ya no sé.

Juana se dio cuenta de que M estaba de buen humor.

—¿Y tú qué crees? —insistió la hija volviéndose hacia ella.

—¿Por qué me preguntas? —dijo desviando su mirada del periódico.

—Por saber.

—Creo que pude haber sido más persistente. Eso es todo.

Pero eso no era todo. M lo sabía, Juana lo sabía.

—¿Le tienes miedo al agua?

—Siempre le he tenido.

Las dos se quedaron calladas. M hizo como que le interesaba algo en el diario y luego agregó:

—Quizás por eso mismo debiera haber insistido más, hasta aprender. Pero en esa época yo era muy chica y mi mamá tenía otras preocupaciones.

Por fin una apertura, pensó Juana.

—¿Trataste de aprender a nadar en la misma época en que se murió el abuelo?

—No —respondió la madre—, antes. Cuando mis papás recién se habían separado. A mí y a la Flora nos metieron a clases. Yo fui solo dos veces y no pude. Ella, en cambio, siguió.

Los padres de Juana no se habían conocido cuando su abuelo materno se mató. Tras una larga crisis psiquiátrica que comenzó en su juventud, decidió lanzarse desde la azotea de un edificio. Ese hombre tenía una fascinación especial por la Luna y se suicidó pocos días antes de que despegara la misión del Apolo 11. Cuando M le hablaba de él a Juana, le decía que a su abuelo le habría gustado ver la nave espacial llegar a la Luna. El papá de Juana, menos melancólico y más solar, decidió matarse treinta años después que su suegro. Lo hizo con un disparo. Juana nunca terminó de entender a su papá y a su abuelo. Los dos habían tenido razones que, en su acumulación, podían ser tremendas, pero aun así le extrañaba la decisión de adelantarse a un fin.

Contarles a las personas que su papá y su abuelo se habían suicidado solía ser incómodo. Generaba un silencio seguido de desconcierto, al que a veces lo seguía un «no sé qué decir» y en el mejor de los casos un «lo siento». Ella creía que lo que esas personas «sentían» era un eco de su propio dolor. Aprendió a relatar sus muertes con ligereza para alivianar ese peso. A no contarlo como un drama sino como un hecho. *Mi papá eligió morir, lo mismo que mi abuelo,* decía. *Mi abuelo paterno no, el materno. Suicidas por los dos lados. Es una tradición familiar,* bromeaba. Pero nadie se reía.

¿Había un camino preconfigurado? Mientras se acercaba a la edad decisiva en que los hombres de su familia terminaban con sus vidas, Juana se propuso cruzar esa frontera haciendo algo que ninguno de los dos hizo: transformando el fin en un comienzo.

—¿Te gustaría aprender a nadar?

Le había hecho esta pregunta antes y M siempre le respondía lo mismo.

—No, ya es tarde.

Su mamá creía que era tarde para aprender y tarde, en general, para todo. Juana salió de la cama. Se estiró frente a la ventana y descubrió a M mirándola con disimulo por el espejo.

—¿Tienes lista tu presentación? —quiso saber la madre.

Juana asintió y caminó descalza hacia el otro extremo de la habitación. Al pasar junto a la cama de M, tomó de la bandeja media tostada que su mamá no había tocado y se la comió de un mordisco. Una vez en el baño, echó una mirada alrededor. Tenía azulejos blancos y un vanitorio con llaves de bronce empotradas al muro. La ducha estaba junto a una pequeña ventana por la que entraba luz natural y al echar a correr el agua, sintió el ruido de cañerías viejas activándose tras las paredes. Cuando comenzó a salir vapor, volvió a la pieza a buscar su ropa interior y se encontró con M de frente como si la estuviera esperando.

—Permiso —le dijo pasando por el lado.

Mientras la muchacha elegía un vestido corto y claro, cruzado en la cintura, la madre tomó su tejido, que estaba en el escritorio.

—¿Te gusta? —le preguntó mostrándoselo a su mamá.

—Tendría que verlo puesto.

Juana comenzó a desvestirse y notó cómo M la miraba a través de los palillos. Le sonrió mientras se agachaba. M pronunció su antiguo nombre con firmeza y luego, de inmediato, su nombre femenino con dulzura.

—Perdón.

La hija intentó hacer como si no le afectara.

—Pasa siempre —le respondió.

A esa frase le siguió un silencio que en su tensión expuso cierta vergüenza entre las dos. Pero que, a su vez, trajo de vuelta al espacio entre ellas una intimidad que Juana creía desaparecida. La hija se giró y se miraron. M aceleró la velocidad con la que movía los palillos. Juana se sacó los sostenes.

—¿Te cuesta mucho esto? —preguntó, refiriéndose a sí misma.

—Un poco.

Juana se quedó oyendo cómo los palillos chocaban uno con otro y el agua corría en el baño.

—No quiero que sufras —dijo M con firmeza y contó los puntos del largo chaleco que tejía. Juana intuyó que la conversación estaba por terminar.

—No creo que pase —le dijo la hija cuando ya iba de vuelta a la ducha. Desapareció en la nube de vapor que había empañado los espejos y envuelto el baño en una bruma indistinguible.

Hay un cuadro de Pablo Picasso, pintado sobre un paño de cocina común y corriente, que fue descubierto solo después de su muerte, cuando se inventariaron sus talleres. Se suele decir que esta obra es, en varios sentidos, una anomalía histórica: fue pintada en 1914, en pleno apogeo del cubismo, pero lo cierto es que Picasso exploró ahí un estilo completamente diferente. Dibujó a un pintor y a su modelo con una figuración clasicista. El escenario de la pintura es un taller, y hay un hombre, el pintor, a la izquierda, sentado en una silla, mirando fijamente a la mujer, la modelo, que se encuentra semidesnuda, al centro del cuadro. Él parece estar observando cómo ella se desviste mientras a sus espaldas cuesta distinguir qué es paisaje y qué es fondo. Las manchas con las que Picasso representó unas y otras son las mismas. Y de hecho el cuadro dentro del cuadro pareciera que tampoco está terminado.

Se dice que poco después de comenzar a colorear el desnudo femenino, la pared del estudio y la pintura en el caballete, Picasso dejó de trabajar en la imagen, dejando visible una gran cantidad de líneas dibujadas que le configuraban el futuro a esa obra. Quienes han estudiado el cuadro no están de acuerdo si *Le peintre et son modèle* es un trabajo en progreso, uno cuya finalización sigue sin cumplirse, o uno cuya irresolución fue deliberada. Lo cierto es que todas las partes empezadas, pintadas y detalladas son las que rodean al desnudo, como si del cuerpo de la mujer emergiera un halo capaz de perfilar su entorno y un fondo reconocible. Antes que para el pintor, primero para ella misma.

Durante los dos años que Juana estudió en Nueva York, vivió con un amigo chileno al otro lado de Manhattan, en un pequeño departamento que arrendaban en un edificio centenario de Brooklyn. Ahí sus vecinos eran estudiantes, parejas jóvenes y familias de inmigrantes. Ella y H estaban en la intersección de todas esas relaciones: dos latinoamericanos becados para estudiar en el extranjero. Había que subir seis pisos por una escalera estrecha, de peldaños excepcionalmente altos, para llegar a su puerta, la última antes del acceso a la azotea. Junto al timbre, para marcar un final, H había pegado una postal en la que aparecía un muchacho de pelo decolorado mirándose en un espejo de mano. Aunque esa imagen decía poco de ellos, les gustaba. La ventana de la cocina miraba al letrero de neón de la funeraria Ortiz donde los motoqueros y la comunidad boricua del barrio despedían a sus muertos, y la ventana de la sala miraba a una antigua fábrica de helados ubicada junto a la estación del metro. Desde el comedor se oían los viejos vagones de la línea J desestabilizar los rieles metálicos del puente cuando cruzaban el río.

Después de ducharse, H salía desde el baño hacia su pieza con la toalla amarrada a la cintura. Juana prefería salir vestida. A él le costaba encontrar las palabras cuando despertaba y ella, en cambio, recién abiertos los ojos podía retomar una conversación que habían tenido la noche anterior, pero se cuidaba de no hablar mucho, sabía que su amistad era más bien en silencio. Durante el día se veían poco. Aunque cursaban sus maestrías en la misma universidad, no coincidían en los horarios de clases. Cuando Juana volvía por la tarde al departamento y abría la puerta, veía a H encorvado sobre su escritorio, leyendo o escribiendo algún ensayo. Él estudiaba Teoría del Drama y ella Historia del Arte. Solían comer lo que compraban en un deli cerca de la universidad, pasadas las siete de la noche, cuando rebajaban los precios y se deshacían de los excedentes. Después de cuatro semestres en Nueva York, no importaba si era una *cobb salad* o una porción de *mashed potatoes*, todos los platos tenían el mismo sabor. Aunque Juana siempre quería conversar, a veces se sentaban, comían y no se decían nada. O bien podían pasarse una comida entera discutiendo un descubrimiento para sus tesis.

Por esa época, Juana había publicado un fanzine con un ensayo sobre una serie de pinturas blancas de Agnes Martin que, a primera vista, parecían ser todas iguales, pero había pequeños trazos hechos con lápiz grafito que las diferenciaban. H le había dado su opinión desde su cama. Ella lo escuchó de pie, apoyada en el marco de la puerta, temiendo que lo que fuera a decir le doliera. H tenía dudas sobre el título del proyecto y se preguntaba si algún día se iba animar a escribir algo más personal. Juana escuchaba sus observaciones con atención, en especial cuando él prolongaba los silencios entre las frases. No sabía si interrumpirlo o esperar a que continuara. Esos intervalos le daban la posibilidad de reformular algo que ya había dicho o de dar por cerrado un tema de forma dramática.

Ese último semestre, H se había puesto más reflexivo, más cauto para elegir sus palabras, lo que a Juana le parecía a la vez atractivo y perturbador. Comenzó estudiando los *celebrity impersonators* y luego se centró en la figura de los dobles. Ese giro en su tesis reflejaba un aspecto inexplorado de su propia vida: H era uno de dos, su mellizo había muerto en el parto hace más de treinta años. Aunque casi nunca hablaba de su hermano ni de la posibilidad de que hubiera vivido, Juana sentía que ese otro seguía alrededor de él sin pronunciarse.

Las ventanas de sus piezas daban a la autopista que se alzaba sobre la calle 4 Sur y desde ahí oían los autos desacelerar para tomar la curva que llevaba a Queens; ese ruido que a H le molestaba, a Juana le parecía sedante. Él solía asomarse hacia el descanso de la escalera metálica de la fachada y, desde ahí, quedarse de brazos cruzados con la vista fija en algún punto distante. Ella prefería darle la espalda a la ventana y sentir que el sonido de los autos la ayudaba a dormir. Sus piezas estaban separadas por un muro de concreto, pero Juana sentía la presencia de H cerca. Si alzaba la voz, él podía oírla fácilmente. A veces subían juntos a la azotea y desde ahí observaban otras vidas que parecían reflejos de la suya, estaban rodeados de edificios de ladrillos construidos hace más de cien años donde otras parejas hacían sus camas, discutían, tenían sexo o fumaban. Más allá del East River se veían las puntas de los rascacielos de Manhattan que a Juana a veces le parecían más una idea lejana que una ciudad.

Una de las primeras noches de ese verano, H encontró en la calle una hilera de ampolletas que colgó de la ventana de la sala y, para inaugurar esa nueva decoración, invitó a Juana a sentarse con él a fumar en el comedor. Los dos estaban en ropa interior escuchando música y se turnaban para elegir canciones. Era una forma que tenían de decirse las cosas sin hablar. Esa noche se quedaron despiertos hasta muy tarde, fumando y escuchando música. Al día siguiente, que amaneció despejado y caluroso, tomaron desayuno ahí mismo. Antes de levantar los platos H le preguntó por última vez ¿*Vamos?* Y ella le respondió *vamos*, así que se ducharon y partieron. Diego, un amigo al que veían poco, pero al que querían, había conseguido una camioneta y los recogería para pasar el día en Fort Tilden, una playa abandonada en la Rockaway Peninsula.

Planeaban bañarse en el mar, algo que esperaban desde hace meses. Las becas de H y Juana iban a terminar pronto, por lo que sería su último verano en Nueva York. Ella echó al bolso la misma toalla con la que se había secado en la ducha, un paquete de cigarros mentolados y algo de efectivo. En la escalera, H le preguntó si traía las llaves y Juana las hizo sonar en su bolsillo. ¿*Qué pasa?*, quiso saber él mientras esperaban en la calle.

Hacía calor. *Nada,* respondió ella, encendiendo un cigarro. Por ese entonces podía fumar una cajetilla al día. Pero H le sostuvo la mirada, intuyendo que había algo más. *Se me quedó el libro que estaba leyendo,* le dijo Juana para tranquilizarlo y él se rio porque sabía que ninguno iba a subir a buscarlo.

El mapa en la pantalla del teléfono mostraba que estaban a pocos kilómetros de la playa, pero se demoraron casi dos horas en llegar. Juana iba en la parte trasera de la camioneta, junto a la ventana. Por ahí vio el fin de la península y la estructura suspendida de un puente de la marina. Alguien dijo que el tramo central de ese puente se abría para que los buques pasaran por debajo de la calzada y a H eso pareció no sorprenderle. Juana pensó que evidenciaba el quiebre de algo, por ahí cruzaron. Le inquietaba la tranquilidad inalterable de las cuadras residenciales, los jardines delanteros y sus porches cubiertos de flores ornamentales, todas con banderas norteamericanas que se agitaban con el paso de la camioneta. En un momento, tras tomar una curva, la muchacha comenzó a perder señal en su teléfono y se sintió lejos, H iba durmiendo a su lado.

Una vez que llegaron y estacionaron la camioneta en un peladero, iniciaron una lenta procesión por un camino de tierra entre los juncos que crecían en las dunas. Ese trecho llevaba hacia la orilla. A Juana le maravilló la extensión del paisaje y cómo la arena desdibujaba los bordes de los cuerpos que descansaban. Desde 1917 hasta mediados de los noventa esa playa funcionó como una instalación del ejército norteamericano. Alrededor todavía había edificios militares vacíos y bases de artillería costera cubiertas de maleza. *¿Acá?*, preguntó ella. *Acá mejor*, dijo D. Juana miró alrededor y vio a E sacudiéndose la arena del cuerpo, a F tomando fotos y a K ya echado sobre su toalla. H se puso a su lado y se untaron bloqueador en las espaldas, él tenía la piel cubierta de lunares. Juana había engordado durante el invierno e insistía en cubrirse con un pañuelo. Cuando se instaló en la arena, contó que había leído que de esa playa despegó la primera avioneta que cruzó el Atlántico desde América hasta Europa y H le preguntó qué año había ocurrido eso. Quiso averiguarlo en su teléfono, pero ya no tenían señal, por lo que lo guardó dentro del bolso. El cielo estaba despejado y las olas impedían que los muchachos escucharan sus propias voces, así que se quedaron en silencio. F alzó su toalla para que les diera sombra, pero no funcionó. E se puso a tomar sol en topless y D cerró los ojos como si estuviera meditando.

Después de un rato de estar mirando el horizonte, Juana se puso de pie y se acercó a la orilla. Se sintió atraída por la fuerza del mar y quiso probar el agua, pero no se atrevió a entrar sola. Volvió al grupo e invitó a H para que se bañaran juntos. En la playa no había salvavidas, solo banderas rojas que advertían sobre el peligro del agua y unas hileras de rocas que los militares habían usado como rompeolas para sus ejercicios. H frunció el ceño. *Vamos*, insistió ella haciendo un puchero y consiguió que él le diera la mano. H no se quitó los anteojos de sol para que a ella le quedara claro que no se mojaría. Las olas reventaban y se deshacían luego en espuma a sus pies; esa violencia inicial del Atlántico a Juana le pareció provocadora y sintió que les proponía un juego. Le pasó la mano a H por el pecho y él se acercó. H dice que el agua los revolcó, pero Juana cree que fueron ellos los que se quisieron dejaron llevar. El mar les llegaba a las rodillas, pero se revolvía con una fuerza inusitada y la piel de H reaccionaba erizándose con cada embiste. Juana miró el largo de sus dedos, sus pezones, su sonrisa entre las gotas de espuma. Extendió su mano buscándolo de nuevo. En algún momento quiso darle un beso, pero el mar se había vuelto desconcertante. Una ola los separó. Juana se quedó bajo el agua sin oír nada y cuando salió a la superficie, sintió cómo el sonido de su respiración rasgaba el cielo. No tuvo tiempo de nada más. Otra ola reventó de inmediato sobre ella.

En todos los idiomas hay una letra que tiene su lugar en el abecedario pero que no se pronuncia. En español es la sexta consonante del alfabeto y tampoco tiene sonido en las otras lenguas romances. Sin embargo, está ahí como señalando algo: una advertencia. Para Juana, esa mañana, la orilla era la única seña de lo conocido, y entre las olas fue incapaz de saber dónde empezaba o terminaba el mar. Estiró sus piernas y no tocó el fondo. Estiró sus brazos y no encontró a H. Él se acuerda de haberla visto bracear y retroceder. Ella recuerda una fuerza tirándola hacia el horizonte. Sus miradas se encontraron fugazmente entre el breve espacio que dejaron entre sí dos olas y se perdieron de vista. Tragaban agua, estaban asustados y se descubrieron lejos de la orilla. Lejos el uno del otro. H dice que el agua lo empujó hacia las rocas y Juana lo vio estrellarse contra la hilera de piedras. Hasta entonces ella sentía que los dos se estaban ahogando, pero cuando lo distinguió flaquísimo, desnudo y hermoso, aferrado a las rocas, pensó que él se iba a salvar y ella no. Lo vio ponerse de pie con dificultad y gritarle sin voz.

En medio del esfuerzo y del desconcierto, entre esas olas que se estrellaban contra ella, dos visiones se superpusieron al agua: una, la de una enorme cavidad oscura y silenciosa donde la vida empezaba y terminaba, y la otra, la solitaria figura de su madre. Juana la vio de pie, mirándola, sin poder hacer nada. Aunque estaba en el otro extremo del continente, ajena a lo que ocurría en esa playa, M estaba ahí, nítida y presente. Un rayo de sol la cegó y expuso la profundidad de esa cavidad oscura que estaba bajo ella. Juana se sintió tremendamente atraída a esa sombra sin fondo y tuvo la certeza de que si dejaba de bracear, no sería terrible. Morir era también una posibilidad de descanso. Un abrazo. El agua alrededor se elevaba en curvas brutales y se deshacía en cientos de gotas que con cada embiste volvían a integrarse a la lisura del mar. Soltó un grito. Y luego otro. H no podía escucharla. El horizonte no era una sola franja, ni tampoco la orilla, ambas formaban una enorme maraña de líneas exasperadas.

Desde el centro de su pecho encontró una fuerza desconocida que le permitió seguir braceando y con dificultad empezó a nadar en diagonal. Así, sorpresivamente, descubrió que podía evitar la corriente. De un momento a otro el braceo ya no era imposible y al igual que H, su cuerpo dio también contra las rocas. El golpe fue eléctrico, un azote, y su piel se sintió nueva como si fuera expuesta por primera vez al sol. Avanzar por la superficie irregular de esas enormes piedras era doloroso, así que intentó aferrarse mientras las olas seguían rompiéndose encima suyo. Cuando comprendió que al otro lado del roquerío el agua estaba quieta, se impulsó hacia allá y de golpe dio contra un banco de arena. Su recuerdo ahí se cortó. Juana sabe que se acercó temblando hasta donde H estaba de pie y que se quedaron un rato mirándose, él dice que de a poco tuvieron voz para preguntarse con un susurro: *¿Estás bien?* Alrededor nadie parecía haberse percatado de lo que había pasado. *Sí, ¿tú?* Un viento comenzó a secarlos. *Bien. Bien*, repitieron.

Se abrazaron y notaron que ambos tenían sangre saliendo de los cortes que les habían dejado las rocas. Vieron cómo esa materia viscosa, roja oscura, se mezclaba con el agua traslúcida a sus pies. H recuerda que Juana propuso limpiarse ahí mismo como una forma de salir reconciliados del mar, pero ella no recuerda eso y, si ha podido articular su memoria, es porque ha armado una imagen importada a partir del relato de H. Él dice que caminaron al lugar donde estaban los amigos y a medida que se fueron acercando, los empezaron a oír y no pudieron soportar que se estuvieran riendo. Según H siguieron de largo y llegaron hacia el final de la playa, donde ya no había bañistas. Ahí se sentaron y se quedaron hasta que llegó D a buscarlos. Juana solo sabe que el hecho de poder respirar libremente aire, sin el peso del agua, le pareció extraordinario.

Esa tarde volvieron a Brooklyn sin mencionar nada de lo que había pasado. Afuera de la puerta del departamento estaba *le garçon au miroir*, todavía mirando su reflejo. Juana giró la llave y descubrió que le temblaba la mano. Adentro, el sol de la tarde atravesaba los vidrios exponiendo con rayos gruesos los muros de la cocina. La letra muda es la representación de un sonido aspirado, tal como el que ella y H hicieron al entrar. Encontraron su casa especialmente inmóvil, una bóveda que se dejaba ver por primera vez en mucho tiempo. Ahí estaba el escritorio donde H se encorvaba a leer, la ducha con la cortina corrida, las dos escobillas de dientes en un solo vaso. Ahí estaban los restos del desayuno. Sus computadores, los parlantes por los que habían escuchado música la noche anterior.

Dejaron los bolsos en la sala y se acostaron en la cama de H. Aunque estaban cansados sintieron la necesidad de hablar, de articular lo que había ocurrido. Se dice que se rompe el silencio cuando alguien vuelve a hablar después de mucho tiempo, pero aquí fue distinto. Rompían un silencio solo para descubrir otro. *Si nos hubiéramos ahogado, nadie se habría enterado de lo que pasó*, dijo H. *Puede ser*, le respondió ella mirando el techo. *Fue el agua la que nos empujó a las rocas*, dijo él. *No sé*, soltó Juana volviéndose hacia la ventana. Según ella habían ido por su propia voluntad al encuentro con esa fuerza que los esperaba.

Después de ese verano, cuando terminaron sus estudios, se distanciaron. Juana volvió a Chile antes que él y aunque en Santiago vivían cerca, se veían poco. A veces ella lo llamaba y volvía a pedirle que le contara lo que recordaba de ese día en la playa. Juana siempre se sorprendía porque había borrado detalles para siempre de su memoria y otros tomados prestados de los recuerdos de H. Entre sus versiones había cruces, calces y vacíos. Líneas que se encontraban, se separaban y abrían entre sí un paréntesis. Aunque en el agua experimentaron casi lo mismo, ella jamás le confesó lo atraída que se sintió a dejar de bracear. Juana escuchaba a H con atención y temor. Aunque a veces dudaba y sentía como si volviera a avanzar y retroceder con cada intento de nado. Entonces ella se giraba y se estrellaba de nuevo. Volvía a encontrarlo ahí, esperándola. Expectante. Extendía su mano hacia donde debiera estar su cuerpo y dibujaba entre los dos un trazo, el mismo que une las verticales de la letra que no se pronuncia.

Juana se puso el vestido que había elegido y tras delinearse los ojos frente al espejo, le preguntó a M si quería que le trajera algo cuando volviera.

—¿Como qué? —preguntó su mamá. Parecía que el dolor había vuelto, se veía afectada e intransigente.

—Lo que quieras —le respondió ella.

M negó con la cabeza.

—No, mi amor. Gracias. Solo cuídate y que salga todo bien.

Antes de que saliera, M le comentó que lamentaba perderse su presentación. Juana asintió y le dijo algo amoroso para consolarla. Tomó su mochila, se despidió de su mamá con un beso en la frente y bajó rápido por las escaleras. Afuera estaba templado, era un día gris y corría una brisa leve. La muchacha se ajustó el cuello del impermeable y caminó hasta la estación del metro, donde abordó un vagón que la llevó a la parte baja de la ciudad. Una vez en su antiguo barrio universitario se sorprendió reconociendo las calles y avanzando sin cuidado por ellas. Entre sus divagaciones, imaginó que se cruzaba consigo misma, pero con su versión pasada, un muchacho alto, flaco y de expresión triste. Con poco pelo en la cabeza y ojeras marcadas que, desde el otro extremo de la calle, elevaba la vista de su teléfono y no la reconocía. Esa imagen la sacó del trance de su caminata. Estaba en frente al edificio en el que había estudiado, respiró hondo y le preguntó al mismo guardia que custodiaba la puerta años atrás dónde se registraban quienes venían al congreso. El hombre, severo, le dio las instrucciones y luego le dijo *You are welcome, miss.* Jamás nadie se había referido así a ella.

Juana fue la primera de su panel en exponer. Se refirió al hallazgo de un cuadro sin terminar de uno de los «grandes maestros» de la pintura chilena: un Prometeo encadenado, comenzado en 1883 y abandonado en algún punto de ese mismo año. La lectura de la muchacha proponía una aproximación al óleo desde la ausencia de genitales del titán. El pintor habría dejado para la etapa final del cuadro la inclusión o no de alguna seña que lo identificara con algún sexo. Para Juana era un Prometeo tan masculino como femenino.

Tras analizar los brochazos más suaves, a través de los cuales todavía se podía ver el grafito con el que estaba dibujada la escena, la muchacha apuntó a la tensión entre las ideas de sacrificio y beneficio, a la acción subversiva del robo del fuego que proponía Prometeo y a lo incendiaria que resultaba esa acción desde el punto de vista político.

Tras su presentación, escuchó las otras dos que conformaban el panel. Una investigación sobre las piedras a medio cincelar de dos escultores renacentistas y un análisis desde la perspectiva interseccional de un lienzo de Kerry James Marshall en que una mujer negra estaba aprendiendo a pintar con la técnica de colorear por números. En la ronda final, un profesor de anteojos y camisa abotonada hasta el cuello se puso de pie y dijo que más que una pregunta tenía un comentario. Mirando a Juana y a las demás conferencistas, planteó la idea de que cuando alguien comenzaba una obra era porque la consideraba ya de alguna manera formulada y que eso era, según él, una declaración de intención retrospectiva. Por lo que, vista así, ninguna pieza estaba «sin terminar». La investigadora que estaba al lado de Juana lo interrumpió y dijo: «O quizás, lo que se hace cuando se empieza una obra es una declaración retrospectiva de intención». La discusión giró un momento en torno a este tema. Alguien propuso que una obra de arte era simplemente una manera de resolver un problema y que en ese sentido cualquier etapa de su producción era parte de su resolución, lo que le interesó a Juana y tomó algunas notas en su cuaderno. La discusión se dirigió luego al tema de los actos fallidos y finalmente se disolvió.

Como no hubo más preguntas, el panel se dio por terminado. La conferencia seguía con otros paneles, pero Juana y sus dos colegas optaron por salir del edificio universitario. Las tres conferencistas de las obras inconclusas compartieron un café en un local frente a Washington Square y quedaron de volver a verse, pero lo cierto es que tenían agendas ya comprometidas para los pocos días que estarían de paso en la ciudad. Aunque al despedirse la promesa de una nueva reunión quedó hecha, Juana supo que eso no iba a pasar.

En esas calles, y ya liberada de la tensión que involucraba su presentación en el congreso, la muchacha recuperó la sensación de seguir siendo una local. Entró a la que solía ser su librería favorita del barrio universitario y, al atravesar la puerta, uno de los libreros se sorprendió: *Long time no see*, dijo como si hubiera pasado un mes desde su última visita. Juana le sonrió incómoda por el hecho de que no notara ningún cambio en ella. Entonces terminó de entender a lo que se había referido una de sus colegas cuando mencionó «la agonía de lo acabado» en su presentación. A la muchacha la embargó una frustración que se manifestó en un cansancio físico, como si le costara mantenerse en pie.

Encontró entre los libros una particular guía turística de Roma. Aunque nunca había estado en esa ciudad, este pequeño librillo que tenía en las manos le llamó la atención y se dedicó a ojearlo un rato. En la publicación, las fotografías «actuales» (tomadas en la década de los sesenta) habían sido empastadas para quedar cubiertas por una lámina de acrílico que recreaba cómo eran supuestamente los monumentos durante el pasado imperial de la ciudad. El ejercicio le pareció fascinante y absurdo. Juana entendía que esas fantasías estaban construidas a partir de relatos y testimonios, y también sabía que Roma nunca fue realmente así. Que esas láminas eran imposibles. Con mucha suerte se trataban de una traducción inexacta de cómo alguien experimentaba de forma romántica el pasado. Pero, a pesar de esto, le pareció que resonaban con las palabras muerte, idealización y tránsito.

La guía de reconstrucciones prometía mostrar a sus lectores la realidad, *como fue* y *como es*, y para esto proponía un recorrido desde la aldea de cabañas en el cerro Palatino hasta las riberas del Tíber. Incluía estructuras icónicas como el Coliseo, el foro romano y el templo de Saturno. Cada lugar era presentado con una breve introducción de su historia y las vidas que ese edificio había vivido. A su lado iban las láminas traslúcidas que completaban las fotos de las ruinas con ilustraciones realistas de fachadas, columnas, altos y bajorrelieves, esculturas, jardines, gradas y torres que ya habían desaparecido. Juana se preguntó si la pulsión de esa guía era la nostalgia, el control o la ficción. Le pareció sobre todo intrigante el contraste entre la foto actual de la Domus Aurea y la reconstrucción de su pasado: la imagen opulenta de un palacio recubierto de mármol y marfil, con cielos pintados a mano, quedaba desnuda al dar vuelta la página donde se encontraba únicamente un abandonado foso de luz.

Aunque Juana había heredado la ciudadanía romana de su abuela, nunca había puesto un pie en Italia. Había interrogado, sí, a M, quien había viajado a Roma en su juventud. Pero su mamá no le había contado mucho, salvo el impacto que le había producido ver las ruinas que antes conocía por libros. *¿Cómo es el mausoleo de Adriano?*, había querido saber la hija. Ese enorme edificio donde uno de los emperadores favoritos de la muchacha había proyectado que descansarían sus restos, fue usado durante los siglos con distintos fines: una tumba, una cárcel, una casa papal, una residencia y una fortaleza. Se le conocía también como la Mole Adrianorum y la casa de los Crescentii. Pero para M era el Castillo de Sant'Angelo. Y cuando su hija le preguntó qué había sentido al conocerlo, si es que ahí se percibía algo del pasado imperial, ella le respondió que no. Solo recordaba la emoción que le produjo estar donde el papa Gregorio I, mientras Roma era azotada por una peste, había decidido organizar una procesión penitencial. Atravesando el puente Elio, tuvo una visión del arcángel Miguel en la cima del mausoleo de Adriano enfundando su espada. Esta respuesta cerró la conversación. M, a diferencia de la muchacha, era creyente. La madre solía ir a misa a diario, donde le gustaba arrodillarse, tomarse las manos y preguntarle a Dios por qué le ponía tantas pruebas.

En el mesón de artes visuales se encontró con un pequeño ensayo que vinculaba la experiencia como nadadora profesional de Agnes Martin, la pintora abstracta sobre la que ella había escrito durante sus años de estudio, con el hermetismo de sus lienzos. Aunque costaba más de lo que debía gastar, llevó el libro a la caja. Ahí el joven librero de camisa arremangada le preguntó si tenía activa su tarjeta de membresía. Juana dudó y aunque la seguía trayendo en la billetera, le dijo que la había perdido. *No problem*, dijo él y la llamó por su antiguo nombre.

En ese barrio había asistido por dos años a clases, había leído textos que la deslumbraron, había escrito sobre artistas que admiraba y también había guardado silencio. Sobre lo que le pasaba, sobre lo que sentía y sobre quién era. A diferencia de H, que le contó pronto a su familia y amigos sobre el episodio de la playa, a Juana le costó sociabilizar lo que había pasado ese último verano en Fort Tilden. Mientras H era capaz de revivir una y otra vez el suceso, ella sentía que cada vez que trataba de verbalizarla, la experiencia perdía consistencia y se banalizaba. Aunque H y Juana compartían casi el mismo recuerdo de lo que pasó, hubo un momento en que quien se iba a salvar era él, y quien se iba a ahogar era ella. Y eso abría una distancia. Juana había experimentado una proximidad a esa misteriosa cavidad oscura que percibió en el fondo del mar y, por un segundo, había pensado atender ese llamado. Aunque tenía completa claridad sobre eso, era incapaz de reconocerlo. Hacerlo era asumir que estaba cansada y que tenía miedo.

Los meses siguientes de ese verano, a Juana le costó volver a meterse al mar y cuando, a mediados de agosto, la profesora de la que era ayudante la invitó, junto a un grupo de compañeros, a su casa en la playa, dudó si aceptar. L era una crítica de artes argentina que llevaba años haciendo clases en la universidad. Era una mujer hermosa y melancólica, recién separada. A Juana y sus compañeros les había hecho leer textos sin saber quién los había escrito, un poco para derribar el mito del autor como genio y un poco para referirse solo a las palabras. Pero en el fondo ese curso abría la posibilidad de desaparecer, de asignarle una identidad sin género a los textos y eso le gustaba a Juana. Durante el verano, L se instalaba en un balneario que se encontraba en Shelter, una pequeña isla ubicada a un par de horas de la ciudad, en el condado de Suffolk. Para llegar hasta ahí desde Manhattan, había que tomar un tren, luego un ferry y después internarse a pie o en auto por un tupido bosque en el que, además de casas de veraneo, había ciervos.

La casa de L era baja y larga y estaba emplazada en una de las orillas menos habitadas, rodeada de humedales. Juana y sus compañeros se instalaron ahí toda una semana. Dormían hasta tarde, se despertaban poco antes de almorzar y salían a caminar por las orillas de la isla en las que recogían piedras para aumentar la colección que tenía L. En la casa cocinaban, leían, tomaban cervezas, conversaban y se acostaban medio borrachos de madrugada. Un día después de almuerzo, tomando sol en la playa, L apartó la mirada de su libro y, un poco molesta, le preguntó a Juana por qué no se había bañado en el mar. Las dos estaban bajo un quitasol que les teñía las pieles de rosados distintos. En un principio Juana dudó si contarle, y articuló un par de frases evasivas, pero las palabras empezaron a salir solas, como si recién estuviera botando el agua tragada en la playa de las banderas rojas. Le explicó que había estado cerca de ahogarse.

¿Y?, quiso saber L. Juana se quedó mirándola. *Cuando vi que mi amigo se salvaba, me dio pena que la que se ahogara fuera yo.* L se llevó la mano a la cara y pasó su mirada por el agua que reventaba más allá. Tenía los ojos verdes y uno de ellos siempre estaba quieto, como si con ese viera el pasado y con el que se movía, el futuro. Entre esos dos ojos Juana vio con claridad cómo se cruzaba la palabra suicidio. L sabía de lo que hablaba la muchacha. La había leído, la conocía. Así que, con calma, le apuntó el agua y, con una dulzura maternal, hizo un chasquido y dijo que no pasaba nada. Juana dejó sus cosas junto al quitasol. Cuando se sumergió, sintió que el frío no venía del agua, sino que irradiaba desde dentro suyo y, para aplazarlo, nadó con fuerza, bordeando la isla. Después de varias braceadas, se giró y vio que el quitasol de L era apenas un puntito rosado a lo lejos. Así que ahí se detuvo y se quedó flotando de espaldas.

La isla, vista de reojo, desaparecía y aparecía mientras en el cielo había enormes nubes atravesadas por rayos de sol que hacían centellar el agua. Juana se mantuvo a flote con un leve movimiento de sus manos y sus pies. *Debajo del mar hay un ritmo que está fuera del sonido*, había escrito L en un ensayo, años atrás. Juana cerró los ojos y sintió cómo el agua intentaba entrar por sus oídos. Tuvo la impresión de que había alguien más ahí, sosteniéndola de espaldas. Una fuerza que venía del fondo. Y experimentó, brevemente, una especie de expansión horizontal. L había escrito sobre un *ángel que cubría la Tierra con mantas inmensas*. En ese texto le pedía al ángel que fuera a tocarla. Ese ángel no eran las nubes, pensó la muchacha. Era el nombre del amor. Cuando retomó el nado y emprendió la vuelta, vio que ya no había nadie bajo el quitasol rosado. *Entra el aire*, había escrito L en su texto. *Se puede respirar ahora.*

Días después de ese reencuentro con el mar, Juana se despidió de L y de sus compañeros. Tomó el ferry de vuelta a la ciudad y al llegar a Brooklyn, encontró su barrio particularmente vacío, como si el calor hubiera espantado a todos los vecinos. Antes de volver al departamento que compartía con H se detuvo en un centro de llamados internacionales y marcó el único teléfono que se sabía de memoria. *Aló*, dijo desde la cabina cuando contestó M. *¿Mi amor, eres tú?* Durante los dos años que llevaba viviendo fuera jamás había llamado a su mamá por teléfono. Juana oyó ruidos de platos y risas. M estaba en la mitad de una comida y pareció divertirle que la interrumpiera. Las personas con las que estaba comiendo le preguntaban quién la llamaba y M las hacía callar. Juana le contó lo que había pasado. M la escuchó con paciencia. La hija le dijo que no podía soportar la idea de morir sin decirle que la quería. *¿Pero te pasó algo?*, le preguntó la madre. La muchacha no supo qué responder. *¿No, nada?* M insistió en que se alegraba de que no le hubiera pasado nada. *¿Estás bien?*, le preguntó antes de que la llamada se cortara. *¿Mi amor, estás bien?*

Las cortinas de la habitación en el piso 12 y ½ estaban cerradas cuando Juana volvió al hotel. En su cama, M roncaba y estaba pálida. La muchacha se sacó los botines y colgó su impermeable verde en el clóset. Se sacó los aros, que le pesaban, y dejó su libro recién comprado en el escritorio, junto a un pequeño globo terráqueo inclinado que proyectaba su sombra sobre la mesa. Eran pasadas las dos de la tarde y no había almorzado. Se echó en el sillón y desde ahí se quedó mirando a su mamá. Tenía la mano empuñada cerca de la cara y el pelo pegado a la mejilla, parecía sumida en un aislamiento lúgubre. Sacó su cuaderno y bajo el título del libro anotó entre dos signos de interrogación si era posible pensar una relación entre la meditación, la frecuencia del nado y la representación del color blanco como silencio.

Juana guardaba en la solapa de su cuaderno la carta que M le había escrito el día en que hizo su confirmación, además de algunas fotos familiares antiguas, entre ellas un retrato de sus papás el día que se casaron. M aparecía ahí con un vestido blanco de cuello bordado y traía puesto un pequeñísimo arreglo de flores sujetándole un mechón de pelo. En esa foto se veía tranquila y distendida. Inalcanzable. Su papá, en cambio, parecía nervioso y complicado. Era un novio sobrio y flaco. Jovencísimo, casi un niño. Estaba de pie junto a la novia, mordiéndose el interior de una mejilla mientras M, sonriente y radiante, se miraba la cola del vestido.

Juana la traía consigo porque le parecía una buena foto de sus papás. En los álbumes familiares había otras fotos de ellos abrazados al atardecer, de su papá y su mamá en la luna de miel con trajes de baño recostados sobre la arena en una playa, de los dos sentados en la puerta de su primera casa, pero ninguna de esas imágenes capturaba bien la particular asimetría de su relación. Juana se acercó a la cama de M y con sigilo se acurrucó cerca. Quiso preguntarle cómo había sido el día de su matrimonio, si se había sentido querida. Quiso preguntarle por qué había elegido a un hombre que tenía siempre ganas de escaparse. Si alguna vez pensó que se iba a quitar la vida. Pero el cansancio la abatió y en los pies de su mamá, sintiéndola cerca y tibia, cerró los ojos y se unió a ella en el sueño. Durante esa siesta profunda que la imantó a la cama, soñó con un enorme acantilado de piedras. Estaba frente a una marina en la que atardecía. Ahí, cada vez que las olas reventaban, desestabilizaban lo sólido de un muro y Juana sentía terror de que se viniera todo abajo.

Pero ¿qué?

Ambas despertaron de sus siestas casi al mismo tiempo, como si el sueño las hubiera expulsado juntas de vuelta a la habitación. Afuera atardecía y el sol comenzaba a perderse tras las cortinas. Después de que M le preguntara cómo había salido su ponencia, se quedaron un buen rato echadas, sin encender ninguna lámpara, revisando distintas cosas en sus teléfonos. A pesar de haber dormido, M le dijo que estaba cansada y con dolor. Como no podía masticar nada sólido, Juana pidió dos sopas por delivery. Una vez que llegaron las bandejas, comieron en silencio, sonriéndose. M le pidió que le contara más sobre la presentación y Juana le hizo un relato breve de eso que había sentido mientras compartía su investigación, pero también reparó en ese cuadro de Kerry James Marshall del que había hablado la otra investigadora. *No lo conozco*, dijo la madre. Era un artista que trabajaba recomponiendo la falta de representación de personas negras en las obras de los museos.

M asintió mientras se llevaba una punta del pelo a la boca, el tema le interesaba. Juana le contó que en este cuadro en particular aparecía una artista, en su estudio, sosteniendo una gran paleta de colores. Lo que estaba inconcluso no era el cuadro, sino la pintura dentro de la pintura. Detrás de la artista, en un caballete, se veía un lienzo en el que se replicaba el mismo cuadro, pero delimitado por zonas de colores, a las que se les asignaba un número, como si fueran instrucciones para pintar. M conocía esa técnica, la usaban, a veces, en clases de arte en el liceo.

—Justamente —le respondió Juana.

Y le dijo que ahí comenzaba una serie de desacreditaciones de la artista que aparecía en la pieza de Marshall. De hecho, todas las señas entorno al oficio de la pintora eran problemáticas: primero, se podía inducir que no sabía pintar o estaba pintando según las instrucciones que alguien ya había trazado con anterioridad. Luego, estaba el hecho de que fuera una mujer artista, y no una mujer modelo, como solía ser la mayoría de las veces. Y sobre eso, estaba la cuestión del color. Era negra. M levantó las cejas y volvió a asentir. La piel, oscura y lustrosa de la mujer en la pintura era, para Juana, una declaración. Del mismo modo que lo era la seriedad en su expresión y el tamaño desproporcionado de la paleta de colores que sostenía en la mano.

—¿Pero está sin terminar? —preguntó, con auténtica curiosidad, la madre.

—La pintura misma no. Pero la que está dentro de la pintura, su autorretrato hecho con números de colores, sí.

—¿Y cómo se llamaba?

—No tenía título.

Esa respuesta le pareció elocuente a la madre. Marshall había sido discípulo de Charles White, otro pintor negro que alguna vez dijo: *El arte no puede simplemente reflejar lo que ocurre.* A Juana le gustaba esa idea de los lienzos pintados como espejos que amplificaran la realidad y acentuaran ciertas cuestiones problemáticas. Conforme con eso, se puso de pie y se acercó al espejo de la habitación. Desde donde estaba, se veía a ella misma de pie, por el reflejo de la ventana algunos edificios ya vaciados de oficinistas y, a lo lejos, algunas copas de los primeros árboles del parque.

La investigadora que estudiaba a Marshall había dicho, durante su presentación, que si podíamos ver cómo se construía algo, podíamos ver más fácilmente cómo eso mismo pudo haber sido diferente. Ella sospechaba que eso era algo que Marshall pensaba seguido. Esa reflexión había inquietado a Juana. ¿Cómo hubiera sido darse cuenta, hablar, empezar antes? Dejando la bandeja con los dos platos de sopa en el escritorio, la muchacha descartó esa idea y le preguntó a M si había estado enamorada de su papá. Ella pareció entretenerse con el tema.

—Siendo honesta —dijo inclinándose—, me sentí más mimada que querida. Él llegó a mi vida en una época de mucha soledad.

—¿Te enamoraste?

—Nos quisimos.

Juana soltó un soplido. Su mamá era experta en responder sin responder.

—¿Lo pasaste bien pololeando?

—Fue una preciosa etapa, pero el matrimonio se transformó en otra cosa.

—¿Y por qué te casaste?

—Es que siempre quise ser mamá.

M le dio esta respuesta con una sonrisa amplia, a pesar del dolor que sentía.

—¿Y el embarazo?

—Fue precioso. Te soñé, te puse cara, te puse nombre —le dijo M haciéndole una seña a Juana para que se acercara—. Jugué contigo, te hablé, te conté cuentos, lloré contigo.

Juana se echó a su lado, dejó que su mamá le hiciera cariño en el pelo y lamentó no tener recuerdo de esas conversaciones cuando estaba dentro de ella.

—Fueron nueve meses de una relación distinta a cualquier otra con el mundo nacido. Llorar con mi guagua lo encontraba tan natural, contarle mis penas también.

Juana no supo qué decirle, se había sentido muy querida durante su infancia, pero también entendía que había una dimensión suya que había permanecido invisible hasta el comienzo de su tránsito.

—Cuando me embaracé de ti, cambió mi vida —le soltó M.

—¿En qué sentido?

—Sentí que Dios me premiaba.

—¿Y cuando nací? —quiso saber Juana.

—Fui exigente conmigo, como mamá y como mujer. Esa guagua iba a ser mía y de nadie más. Debía velar por su vida para siempre.

Juana se rio despacio.

—Ni te rías. Por supuesto que fue difícil, cansador. Gran parte lo hice sola.

—Pero mamá...

—Siento que nací con la vocación de ser mamá —la interrumpió M antes de que Juana pudiera reprocharle.

Mientras M le hacía cariño, Juana se llevó las manos entre las piernas. Ella nunca experimentaría un parto. Estaba incómoda con esa idea porque sabía que un nieto haría feliz a M, pero no quería perder la oportunidad de hablar de lo que fuera, así que se incorporó y recogió su cuaderno de notas. De la solapa sacó una foto que tenía de sí misma, recién nacida. Era una imagen a color, de bordes redondeados, donde aparecía con la piel irritada y el pelo graso. Estaba envuelta en un chaleco de lana, en los brazos de su abuela materna. Se la pasó a M.

—¿Fui así siempre?

—Esa guagua no eres tú —le dijo M sosteniéndola.

—¿Pero cómo?

—Es la Concha.

La Concha era su hermana menor.

—Pero mamá, su pilucho es azul.

M se rio y le explicó que nunca supo qué serían hasta que nacieron, así que se iba a la clínica con ropa de los dos colores y los primeros meses les ponía ropa de niño y niña. Aunque la primera reacción de Juana fue de decepción, después le gustó haber estado equivocada y reconocerse en una niña recién nacida que no era ella. Sin apartar la vista de la foto, M le pidió que le acercara los anteojos, encendió la lamparita del velador y se quedó mirándola.

—¿Cómo te fue hoy, mi amor? —le preguntó M.

Juana sintió que, como ya le había contado de la ponencia, su mamá le estaba preguntando algo más que eso. Y pensó en decirle: bien, mamá, pero me duele esto. No le veo un final al pacto de silencio que estamos manteniendo. ¿Por qué nos hacemos esto? Estamos solas aquí, aprovechemos de hablar. Me duele que hagas como si nada hubiera pasado. Estoy cambiando y estoy cansada de que no veas eso. Me hiere escuchar cómo te refieres a mí con un nombre que no es el mío, con un género que no es el mío. He intentado decirte que para mí es importante que me escuches, que me reconozcas. Que me veas. Mamá, soy tu hija. Pero en vez de eso, le contó que no había encontrado el libro que buscaba.

—Tengo la impresión de que todo lo que quiero está agotado o ya no existe.

—No digas eso —le pidió.

—Siempre ha sido así, desde chica.

La mamá le pidió que reconsiderara esa idea. Que mirara alrededor y que no fuera malagradecida. Juana consideró que M tenía razón, sintió vergüenza de sí misma y para cambiar de tema, le contó que en la cuadra de la vieja piscina donde nadaba mientras era estudiante, ahora se construía una enorme residencia universitaria.

—No sabía que nadabas cuando vivías acá.

La hija le explicó que le gustaba ir a nadar de noche, cuando era fácil encontrar una pista vacía y cruzar menos miradas en el camarín. Juana solía desvestirse rápido. Y una vez con el traje de baño y la gorra puestos se quedaba un buen rato bajo el chorro de la ducha. Después entraba con calma a la piscina y una vez que comenzaba a bracear la invadía una tristeza inexplicable, que a la vez surgía y se apaciguaba mientras ella nadaba. Braceaba, respiraba, se sumergía, volvía a bracear, emergía con la boca abierta y se encontraba con el destello de los alógenos que colgaban del techo. Algo, en esa práctica constante de contener la respiración y soltarla, la conectaba con una pena permanente.

En la parte honda de la piscina, por norma, siempre había un salvavidas montado sobre una pequeña escalera blanca. Solían ser alumnos de pregrado, vestidos con sus propios trajes de baño y una polera con el logo de la universidad estampado en el pecho. Durante los dos años en que Juana nadó en esa piscina jamás vio que alguno de esos salvavidas rescatara a alguien, más bien vigilaban con indiferencia a los bañistas desde lejos y esperaban con impaciencia que sus turnos terminaran para retomar sus vidas afuera. Había uno que a Juana le parecía especialmente hermoso, un muchacho pálido, como sacado de una fábula y que nunca prestaba atención a lo que pasaba en el agua. Tenía los dedos largos, casi deformes, y solía rascarse la nuca con el índice y luego llevarse ese mismo dedo al mentón, concentrado en lo que estaba más allá de la piscina.

A veces Juana pensaba en decirle algo, pero al terminar sus vueltas salía de la piscina sin aliento, se envolvía con rapidez en su toalla y caminaba con la cabeza gacha al camarín. Ahí se duchaba con agua hirviendo, tan caliente que le quemaba la piel. Una tarde de invierno, mientras caminaba atrasada a clases, reconoció al mal salvavidas en la calle. Era la primera vez que lo veía fuera de la piscina. El muchacho iba vestido con un abrigo y un gorro de lana por el que se le escapaba un mechón de pelo. Juana se cruzó con él afuera del departamento de Lingüística, donde estaba peleando con otro estudiante tan joven como él. La discusión parecía estar alcanzando un punto alto cuando Juana se sacó los audífonos y escuchó cómo los chicos se atropellaban para hablar. Uno le estaba pidiendo perdón al otro. El salvavidas abrió la boca y en vez de decir algo, se largó a llorar. Juana experimentó un quiebre. No recordaba cuándo había sido la última vez que ella había llorado delante de otra persona y la imagen de esas lágrimas gruesas, rompiéndole la lisura de la cara al muchacho, se transformó en una añoranza de lo que quería.

Juana le extendió a M el libro que había comprado y ella le dijo que le parecía interesante. El frasco de los *pain killers* que estaba en el velador iba vaciándose de a poco. Mirándola de reojo, M se adelantó a lo que su hija le iba a preguntar y le explicó que el dolor era soportable.

—Mamá, yo...

—Cuando chica te gustaba tanto el mar. A mí me daba pánico y a ti te encantaba bañarte en el mar.

—¿Qué te daba miedo? —preguntó Juana con resignación.

—Que no había cómo sacarte del agua.

A esa niña que fue no había cómo sacarla del agua.

Uno de los planes que Juana tenía para el viaje era volver a visitar Dia Beacon, un museo de arte contemporáneo que se encontraba a pocas horas de la ciudad. Ahí había visto una serie de pinturas de Agnes Martin que quería mirar de nuevo y esta vez, quizás, descifrarlas. La idea era ir con M en tren y pasar el día afuera, juntas, cómplices, imparables. Juana se imaginaba que las dos irían solas en un vagón, conversando sobre el vértigo que a ambas les generaba el tránsito. Esa fantasía se nutría del recuerdo de la primera vez que viajó en tren. Fue durante unas vacaciones familiares, cuando tenía cinco años. Fueron al sur de Chile con otras familias, amigos de sus padres, y a bordo de ese vagón que atravesaba el paisaje se había sentido muy cerca de su mamá. De su olor, su cuerpo, su piel.

Juana recordaba que, antes de llegar a Frutillar, el balneario donde habían arrendado una casa, hicieron una parada en un salón de té a un costado del camino. Mientras los demás se sentaban en una mesa larga a tomar café y comer tostadas con mermelada, Juana salió al jardín a buscar a M. La encontró balanceándose en un columpio de mimbre, junto a un par de sauces. La madre se había cortado el pelo muy corto ese verano y parecía un niño. Cuando M la vio, le pidió a Juana que se acercara para darle vuelo. Así, espontáneamente, le contó que iba a tener una hermana. Juana, confundida, le preguntó para qué. M le respondió algo sensato y amoroso sobre ampliar la capacidad de amar y la invitó a soñar a esa niñita que ya venía en camino.

—¿Dónde está ahora? —preguntó.

—Aquí mismo —dijo la mamá señalándose el vientre.

Juana dio un paso hacia adelante. Sentía la mirada de su mamá observándola. La hija guardaba en su memoria, claramente, la imagen de los zapatos de M. Unos zuecos suspendidos a unos pocos centímetros del pasto. Recuerda que su mamá se veía triste y que apoyó su cabeza contra la curva del arco de mimbre. Ahí le pidió que le diera más vuelo porque ella misma no podía sola.

Ese verano también fue la primera vez que Juana anduvo en un transbordador. Una tarde, junto a sus papás, cruzaron en ferry a Chiloé, esa enorme isla cerca del balneario, y en su recuerdo todo arriba de la cubierta era viento. El mar era de un azul limpio e impenetrable. El paseo le pareció, al mismo tiempo, maravilloso y aterrador porque le inquietaba la idea de que todo ese hierro pesado flotando sobre el agua se pudiera hundir. Durante el cruce apenas pudo abrir los ojos por el viento, pero en algún momento le pareció ver a su mamá inclinándose en la baranda para ver las olas de cerca.

Más cerca de lo que a ella misma le permitían. Juana recuerda que se acercó e intentó preguntarle algo, pero el viento no las dejaba escucharse y M la invitó a que se expresara en señas. La hija miró a su mamá con decepción y en vez de decirle algo, se aferró a sus piernas.

La casa que arrendaron estaba frente al lago y tenía un pequeño antejardín donde crecían achiras anaranjadas y rosas. Ahí, durante las mañanas, Juana y otros niños jugaban a perseguirse en círculos hasta que les daban permiso para cruzar a la playa. Playa era un modo de decirle a la arena oscura que bordeaba el lago donde las olas hacían estallar las piedrecitas. Juana recordaba el elástico de su traje de baño blanco marcándole la cintura y la textura áspera de su toalla. Recordaba la arena negra entre los dedos de los pies y las abejas volando de una flor a otra. Recordaba el reflejo del cielo en el lago, duplicando el paisaje. Recordaba haber corrido a pies descalzos y haberse quedado tiritando después de haber salido del agua. Las gotas en sus pestañas y su mejilla apoyada contra la toalla.

El agua del lago era fría y había un catamarán encallado junto a un muelle. Fue desde ahí que Juana vio partir una tarde a los hijos de unos amigos de M, en un bote. Tres muchachos que, por hacer algo, salieron a remar después de almuerzo. Se demoraron en volver. En la memoria de Juana es como si de pronto se hubiera hecho invierno y el cielo se hubiera cubierto de nubes pesadas y densas. Ella se montó sobre el catamarán a mirar el horizonte. Recordaba las olas batiéndose entre sí con fuerza y el viento soplando contra la orilla, a su lado había una muchacha mirando fijo hacia el final del lago y una tormenta formándose sobre la superficie. No recordaba cuánto tiempo pasó entre que los perdieron de vista ni cómo los encontraron. Recordaba, eso sí, una lancha y que, de pronto, los tres hermanos aparecieron empapados y aterrorizados, como si vinieran de otro mundo. Recordaba sus caras pálidas, el pelo adherido a sus frentes, la ropa pegada al cuerpo.

Cuando muchos años después el mayor de esos hermanos murió de cáncer en la pieza de un hospital en Santiago, Juana estaba de nuevo en el sur. También era verano y era la primera vez que viajaba sola. Había estado incomunicada por varios días en un camping en Cautín, donde unos amigos se casaron. Cuando volvió a tener señal se encontró con varias llamadas perdidas de M. El bus estaba bordeando el lago Llanquihue cuando su mamá la llamó llorando y le contó que R, ese muchacho, se había muerto. Juana echó una mirada hacia el mismo lago en el que se había perdido cuando era un adolescente. M le preguntó si iba a volver a Santiago para su funeral y Juana le dijo que no alcanzaba a llegar, pero la verdad es que era incapaz de ir.

—Tenías cuatro años, eras muy chica cuando los chiquillos se perdieron en el lago —le dijo M—. Yo estaba esperando mi segunda guagua. No, a ver, me hice el examen allá. Ese verano le arrendamos a una alemana su casa frente al lago, tú y los más chicos habían estado toda la mañana bañándose. No fue un buen verano.

—¿Por qué?

—No hubo mucho sol.

—¿Y esa tarde?

—Pidieron un bote. Dijeron que iban a remar cerca de la orilla. Como a las seis se empezó a poner bravo el lago y los adultos dijimos ¿y los niños? ¿Y el bote? Empezamos a mirar. El lago se puso raro, negro.

—¿Los fueron a buscar?

—Alguien se consiguió una lancha y salió a recorrer, pero no encontró nada. Dimos aviso a la policía. Me acuerdo de que las mujeres gritaban «un gin tónic, un gin tónic», mientras esperábamos. Estábamos en la terraza mirando con binoculares.

—¿Nos contaron lo que estaba pasando?

—Tú supiste. Hubo mucho movimiento de lanchas.

—¿Estaban drogados?

—No, si eran muy chicos.

—¿Ustedes pensaron que se habían muerto?

—Teníamos esperanzas de encontrarlos porque eran buenos nadadores. Sabíamos que estaban con salvavidas, pero se podrían haber muerto por, qué se yo, hipotermia. Una tía de ellos se arrodillaba en la terraza y rezaba, la otra lloraba. Yo no sabía qué hacer hasta que a lo lejos los vimos. Venían en una balsita, empapados. Cantando «Tú, pescador de otros mares», una canción de misa. Fue atroz, qué increíble que te hayas acordado.

—¿Pero qué les pasó?

—Se perdieron, se desorientaron. Los niños creían que se morían. Esa noche, ya en la casa, les secamos el pelo, les dimos un vaso de whisky porque estaban hipotérmicos.

—Después, cuando R se murió, ¿te acordaste de esto?

—De todo.

M era rápida para contestar y eso desconcertaba a Juana, porque no alcanzaba a pensar en la siguiente pregunta ni tampoco a procesar lo que le estaba diciendo.

—¿Fue lo más fuerte que pasó ese verano?

—¿De gravedad?

—No sé, de importancia.

—Mi guagua también fue importante.

—¿Por qué te habías cortado el pelo así?

M aceleró el ritmo con el que tejía.

—Estábamos muy mal con tu papá y, antes de irnos de vacaciones, dije no puedo seguir así.

—¿Fuiste a la peluquería?

—No.

Contó los puntos en silencio.

—Tu papá estaba con un amigo en el living. Yo me encerré en el baño y me empecé a tijeretear el pelo. Cuando se fue su amigo, él me vio con el pelo todo mal recortado y me peló, al rape. Sin decirme nada. Yo sentí que era como si me castrara. A ti te cargó.

—¿Qué tan mal estaban?

—En el viaje ya me había crecido un poco.

—¿Qué tan mal estaban con el papá?

—Pésimo. Quedarme embarazada fue milagroso.

—¿Peleaban?

—No, ya habíamos dejado de pelear. Él salía todas las noches.

—¿Qué hacía afuera de la casa?

M no respondió.

—Esa misma noche que aparecieron los niños tu dormiste conmigo. Tú papá no llegó a la casa. Fue un verano atroz. ¿Por qué te acordaste?

Juana no supo qué decirle.

—Eras un niño tan tímido.

—Niña —le dijo Juana.

—Me dolía tu soledad —soltó la madre después de un rato.

La hija suspiró y las dos se quedaron calladas. La muchacha tomó entre sus dedos una hebra de lana y se la amarró con delicadeza en una de las muñecas, sin dejar espacio entre una vuelta y otra. De chica hacía lo mismo con sus juguetes y luego los colgaba como si fueran capullos.

—¿Te duele esto? —quiso saber Juana y su mamá le respondió que era soportable.

La hija entendió que le estaba hablando de la muela.

—Yo te voy a querer siempre —le dijo M.

Y como Juana no contestó, la madre le pidió que no complicara más las cosas.

En una carta que Paul Cézanne le escribió al pintor Émile Bernard en 1905, le explicaba por qué sentía que tenía que dejar partes del lienzo descubiertas. Ahí, le detalló que la luz creaba sensaciones de color que, a su vez, causaban abstracciones. Y cuando los puntos de contacto entre las cosas eran tan «sutiles y delicados», no le permitían cubrir el lienzo ni delimitar los objetos. Se decía que a Cézanne le bastaba tocar un lienzo para que la imagen apareciera ahí. Por esa época, casi al final de su vida, empezó más cuadros de los que terminó. Entre ellos *Retrato de una mujer*, un óleo sobre tela en el que, mediante unas pocas líneas oscuras discontinuas sobre un boceto de tiza y manchas de color aparece un cuerpo sentado frente a una mesa. Se dice que podría tratase de su esposa Hortense Fiquet, pero lo cierto es que no hay ninguna seña que la identifique. De hecho las grandes áreas de blanco intacto que rodean a la mujer sentada son más grandes que cualquier área dibujada. Pero no más prominentes. Cada uno de los trazos y pincelazos constituye un soporte estructural: el borde de la silla, el principio del paisaje, la curva del cuello.

Un año después de empezar ese cuadro, Cézanne se vio atrapado en una tormenta mientras trabajaba en el campo. Cuando iba de vuelta, camino a su casa, se desplomó y perdió el conocimiento. Así contrajo una neumonía grave. Al día siguiente, recuperó la conciencia y salió al jardín para trabajar en su último cuadro, *Le Jardinier Vallier*, y comenzó a escribir una carta a su impaciente mercante, lamentando el retraso en la entrega de la pintura. Pero volvió a desmayarse. Vallier, el jardinero al que estaba retratando, lo acostó y lo acompañó hasta que murió unos días después, a los sesenta y siete años. Se dice que ningún otro artista dejó tantas obras inacabadas como Cézanne. Y es que entre sus pinturas y acuarelas, lo inconcluso nunca fue un boceto ni un estudio preparatorio. Existían en un tiempo que no contemplaba final.

Juana había leído comparaciones extensas entre sus obras terminadas y las denominadas sin terminar. Para muchos estudiosos eran un antecedente de su proceso creativo. Pero para Juana estas pinturas eran el testimonio de una transformación. No solo de la pintura, sino que en la forma de ver el mundo. En su incompletitud le permitían una existencia a lo invisible. En ese sentido, la última de pintura de Cézanne, en la que el jardinero aparecía nítido y entero, de costado, recibiendo la luz del amanecer en medio de una penumbra absoluta, estaba —para la muchacha— completamente terminada.

—¿Qué lees? —preguntó la hija.

—Un mail. ¿Te acuerdas del que fue tu guía en el colegio?

M se refería a un muchacho mayor que había estado a cargo de Juana y sus compañeros de curso en un campamento de verano. Fue durante una época en que la muchacha dejó de ducharse.

—Sí.

—¿Qué sabes de él?

—Nada —respondió la hija.

Juana recordaba que junto a un grupo de compañeros habían instalado varias carpas en lo alto de dos cimas y que, una de las primeras mañanas del campamento, ese muchacho mayor que iba a cargo se le acercó mientras tomaban desayuno a decirle que quería hablar con ella. Así que cuando atardeció, le hizo una seña. Se alejaron de las carpas hasta llegar al borde de un acantilado donde corría viento y se sentaron frente a frente. Él se llevó las palmas delante de su boca y pronunció su nombre. A ella le sorprendió comprobar que su voz era más suave y pausada que la que ocupaba para darles órdenes cuando estaban en grupo. El muchacho era bajo, fornido y esa tarde traía una polera de cuello en v por donde se asomaban los pelos que le crecían en el pecho. Le preguntó cómo estaba y ella, nerviosa, le respondió que bien. Luego quiso saber sobre sus padres, su hermana y, así, Juana le fue contestando cada una de sus preguntas. Hasta que empezaron a volverse más íntimas. Por esa época había empezado a fantasear con la idea de que algunos muchachos especiales podían reconocerla como una niña. Y por un momento creyó que el que tenía delante, paciente y bondadoso, le iba a confesar que la veía como era ella. Pero en vez de eso, le preguntó, muy seriamente, cada cuánto se duchaba.

—¿Todos los días? —insistió él.

—No.

—¿Por qué no? Deberías hacerlo a diario.

—No lo necesito —dijo la muchacha llevándose las manos a las axilas.

El guía la buscó con la mirada, volvió a decir su nombre y le habló de la importancia de los hábitos higiénicos. Juana se concentró en su boca, pequeña y de labios carnosos, y dejó de escucharlo. La vergüenza le pareció insoportable. Durante los días siguientes lo evitó y cuando salieron a hacer una excursión, él lideraba el grupo, así que Juana se mantuvo al final de la fila. Caminaron por horas bajo el sol, lo que hizo que la belleza de algunos muchachos se volviera todavía más desafiante. Pasado el mediodía oyeron un río que corría a lo lejos y decidieron acercarse. Algunos bajaron por una pendiente aferrándose a las piedras hasta llegar a donde corría el agua y descubrieron que el fondo era lo suficientemente profundo como para tirarse piqueros.

El muchacho con el que Juana había conversado subió a lo alto de la quebrada y fue el primero en sacarse la ropa. Se bajó los calzoncillos y con un gesto veloz quedó desnudo bajo el sol. Cuando ella lo vio de pie contra las rocas, sintió que su cuerpo, con la sombra bajo sus pies, estaba ahí solo para que ella lo contemplara. El muchacho, desentendido, se pasó la mano por el pecho, le dio un tirón a su pene y, con un salto, se lanzó al agua. El golpe fue rotundo. Y cuando emergió a la superficie dio un grito brutal que resonó en toda la quebrada. *¡Todos al agua!*, ordenó y Juana, aterrada, se fue replegando con cautela hacia la sombra mientras los demás se iban desvistiendo.

—¿Qué pasó con él? —le preguntó Juana a su mamá pensando que le iba a contar que se había muerto.

—Se metió a cura —le dijo M sin desviar la vista del teléfono—. Va a ser jesuita.

La madre miró a su hija de reojo, para ver cómo reaccionaba. Sabía el impacto que él había tenido en ella, sabía que, no tan en el fondo, le había atraído ese muchacho. La hija hizo como si la noticia no la sorprendiera. Y lo cierto es que la noticia no le parecía descabellada.

—Con él me di cuenta de que me gustan los hombres —le soltó Juana.

La madre retomó su tejido.

—Fue ese año que me dejé de duchar, ¿te acuerdas? M negó con la cabeza.

—Hay niños que, cuando tienen un problema, dejan de comer o dejan de hablar. Yo dejé de ducharme.

Por esa época la madre, recién separada, tenía tres trabajos. En las mañanas hacía clases en el liceo, en la tarde trabajaba como corredora de propiedades en la oficina de una amiga y, por las noches, daba clases particulares. Juana recuerda a M llegar exhausta, encender un cigarro y quedarse bajo la luz del comedor, sentada con la mano libre sobre la mesa. La veía haciendo círculos con sus dedos.

—Tú no tenías un problema —dijo M.

Juana sacó de su maleta una crema, la agitó y comenzó a esparcírsela con cuidado por las piernas. Se había depilado antes del viaje. Y para responderle le recordó a M que mucho antes de su adolescencia ya sentía una desconexión con su cuerpo.

—Es normal, nos pasa a todas las personas —le explicó la madre.

—No sé, mamá —respondió la hija.

Juntas, continuaron negociando la tensión de ese silencio por unos minutos más, hasta que la madre apartó su tejido y le dijo que quería descansar. Le dio las buenas noches y apagó la luz del velador. Más tarde, Juana oyó cómo las pesadas nubes en el cielo se revolvían y sonaban truenos que hacían zumbar los vidrios de la habitación en el piso 12 y ½. Frente a las camas, sobre el escritorio, había una marina que representaba una tormenta. Estaba enmarcada con un friso escalonado, pintado de dorado opaco, lo que le daba un aire clásico al cuadro, pero lo cierto es que era una escena bastante peculiar. El horizonte estaba conformado por una serie de pincelazos que exasperaban la línea recta y las nubes parecían deshacerse en dirección a la punta que generaban las olas. Detrás de ellas había un principio de luz que intentaba asomarse sin conseguirlo: como si no hubiera posibilidad. Juana se quedó viéndola en la penumbra y entrecerró los ojos para mirar qué figuras aparecían entre las nubes y el oleaje.

Para los próximos días, había anunciado que caería una tormenta sobre la ciudad. En el mar, cuando la fuerza de un temporal provoca que las olas alcancen varios metros de altura, se habla de una tempestad. Ese fue el nombre que William Shakespeare le dio a la última obra que escribió cuando ya había planeado su retiro final. Viejo y apartado del mundo, el poeta recuperó la antigua idea que alguna vez tuvo de escribir sobre un barco que viajaba al Nuevo Mundo y naufragaba. Hay quienes creen que para *La tempestad* su autor se inspiró en el hundimiento en 1609 del Sea Venture, una nave cuya tripulación se salvó providencialmente de la tragedia. Pero lo cierto es que, en esa época, todo el Viejo Mundo estaba encandilado con lo fabuloso que representaba América. Lo exótico era una excusa para hablar de lo desconocido.

Shakespeare eligió la palabra *tempestad* para titular su obra porque es una tormenta de mar y viento la que lleva a sus personajes a una isla habitada por seres mágicos. El origen latino de tempestad es *tempestas*, que significa tanto «tiempo» como «tempestad», dos de los motivos de la historia. Pero esta tormenta no se manda sola, es la forma que toma el deseo de uno de los personajes principales por atraer a sus enemigos a la isla. Juana había leído un ensayo que proponía que tanto el accidente climático que provoca la acción como el tiempo corrían en *La tempestad* hacia adelante y hacia atrás. ¿Se podía pensar en un tiempo así? La isla de la obra pertenecía al mundo de los sueños, ahí estaba el presente afectado por el pasado. Juana se tapó con las sábanas. En esa obra de Shakespeare había un hada que no tenía género. En ninguna parte del texto estaba especificado si se trataba de un hombre o una mujer y Juana recordaba la discusión que, a propósito de eso, surgió en su curso cuando la leyeron en el colegio. Mientras escuchaba a sus compañeros defender distintas posturas, ella se quedó pasmada con la idea de que pudiera haber alguien entre los géneros.

De pronto unas mínimas gotas comenzaron a azotar la ventana de la habitación. Querían hacerse notar con una suave insistencia y eso fue lo último que sintió antes de dormirse. La mañana siguiente, Juana se despertó con una notificación en el teléfono, era el mensaje de voz de un muchacho de su edad al que había conocido en Santiago, meses atrás, en la aplicación de citas. Aunque se habían visto y habían tenido sexo algunas veces, Juana imponía cierta distancia en sus encuentros porque siempre había mucho alcohol entre medio. El tipo le preguntó si la podía llamar y ella le explicó que estaba de viaje. Como insistió y la muchacha le tenía cariño, salió un momento a recibir la llamada al pasillo. Él estaba llorando. Le pidió perdón por interrumpirla así y le dijo que ya no tenía fuerzas. Le explicó que se sentía incapaz de conectar con nadie y que estaba completamente solo. La muchacha miró ese pasillo ciego del piso 12 y ½, donde la puerta de cada habitación tenía un número diferente.

—Créeme —le susurró al muchacho—, no es así. No estás solo.

Pero él siguió sollozando y le dijo que había llegado a un límite. Juana se apoyó en el muro del pasillo y cerró los ojos. Sabía lo que venía. Esperó que el hombre de treinta y siete años que estaba en silencio al otro lado del teléfono le pidiera plata para comprar cerveza.

Cuando lo hizo, ella se tomó un momento para recordarle que estaba en el extranjero y que no iba a volver a prestarle plata. Así que él le suplicó y ella volvió a negarse. Antes de cortarle, le preguntó si necesitaba algo más y él le pidió que le mandara una foto suya. *¿Solo eso?*, quiso saber la muchacha. *Solo eso*, dijo él, y apenas volvió a la habitación, Juana le hizo una transferencia.

M había despertado y estaba riéndose, con el teléfono en las manos. La hija le preguntó con quién hablaba. Ella le respondió que con su hermana. Juana asintió. Un haz de luz del exterior estaba suspendido frente al espejo.

—Solo se queja conmigo.

Juana suspiró.

—No es cierto, mamá.

—Pero así lo siento yo —respondió la madre, con dulzura.

Juana se levantó, atravesó la porción de luz natural que entraba a la habitación y recogió ropa del suelo. Abrió el armario, sacó un vestido y se lo puso, sin desmontarlo de su gancho, sobre el pijama. Luego lo devolvió al clóset e hizo lo mismo con otro vestido. Siendo chica había visto a M hacer ese ritual cientos de veces y ahora sentía cómo su mamá la seguía con la mirada a sus espaldas.

—¿De qué se quejaba?

—De nada importante, la verdad.

—No le hagas caso, entonces.

—No funciona así entre madres e hijas —respondió M.

—¿Cómo funciona? —preguntó Juana con interés. Pero la madre le pidió que la dejara en paz.

Ese impermeable verde oliva que colgaba en el armario lo había comprado con su papá, en el último viaje que hicieron juntos antes de que él decidiera quitarse la vida. El padre había intentado sacar a flote unos negocios de exportación de ropa, pero ya estaba quebrado. Por eso fue sorpresivo cuando le pidió a Juana que lo acompañara a París, donde iba a tener unas reuniones que, según él, lo salvarían de quedarse sin nada. En perspectiva, era probable que el viaje fuera una excusa para estar con Juana, para que conociera Europa, una especie de regalo final. Quizá el padre no había tenido ninguna reunión, sino que hizo un esfuerzo y llevó a Juana a donde se imaginó que sería feliz.

Hay varias fotos que él sacó del viaje: Juana durmiendo de brazos cruzados en el asiento del avión, haciéndole cariño a un perro junto a una escultura de Niki de Saint Phalle, de espaldas mirando la fachada de la iglesia Saint-Merry, los dos fumando afuera del edificio de la Ópera. Era invierno y hacía frío. Un frío que Juana no había sentido nunca en su vida. Una tarde gélida salieron del hostal en el que se hospedaban a caminar sin rumbo por la ciudad, esa era una de las pocas cosas que hacían bien juntos. Los parques estaban congelados y vacíos. A Juana le gustaba ver cómo el humo de su cigarro se enredaba en esas ramas, simulando un follaje fantasma. Frente a una fuente de agua, él sacó su vieja cámara. Atardecía cuando la desenfundó de su estuche de cuero y se la llevó al ojo. La hija sabía que el padre podía demorarse un buen rato antes de disparar porque le gustaba enfocar y graduar el diafragma manualmente. Era bueno haciendo eso, tenía un ojo muy sensible para capturar gestos. Ese día había llovido y luego se había asomado el sol. Así que le propuso a Juana que se pusiera de pie sobre una poza y a ella esa idea le pareció buena. Su papá eligió la hora en la que el sol se estaba ocultando para tomarle ese retrato, justo delante de un rayo cegador que se abría entre las nubes.

Afuera de la tienda de ropa usada en la que le compró el impermeable verde, le sacó otra. Era un local en que vendían todo tipo de artículos de segunda mano y antiguos uniformes militares. Juana se probó un impermeable verde que tenía un parche bélico en la solapa y sintió que su cuerpo calzaba con la hechura de esa prenda. Le suplicó a su papá que se lo comprara, aunque habían acordado que no gastarían de más. El padre aceptó y le dijo que parecía hecho a su medida. Durante esa tarde le hizo una serie de fotos en que la luz parecía estarse cruzándose entre los cuerpos de las pocas personas que caminaban por la calle. Antes de que comenzara a atardecer, Juana descubrió una escultura de Marta Colvin en el museo de Escultura al Aire Libre y caminaron por largo rato hasta que, cruzando el puente Saint-Michel, el padre le dio las gracias.

—¿Por qué? —preguntó Juana sorprendida.

Pero el papá no supo contestar y solo le sonrió. Tenía los ojos humedecidos. Juana recuerda que dudó si se debía al frío que hacía esa tarde o si era la única forma que tenía de expresar la tremenda tristeza y soledad que experimentaba. Tomaron el tren que los dejó cerca del Gran Arco de La Defensa y ahí vieron cómo terminaba el día. En ese lugar se tomaron la última foto juntos. Fue un extraño quien la tomó. El padre detuvo a una persona que pasaba por ahí y le pidió, con su mejor francés, que los retratara. Y para su sorpresa y en un gesto poco parisino, el tipo aceptó de buena gana. El padre aparece entusiasmado, mirando la cámara, orgulloso, y la hija está de perfil, mirando algo fuera del encuadre. A Juana le gusta la composición que eligió esa persona y el momento en que hizo el *click*. Justo cuando la luz dorada se multiplicaba en las fachadas de los edificios de vidrio de los alrededores.

Había una coincidencia y un contraste en las posturas: tanto ella como su papá estaban vestidos de negro ese día pero entre los dos se abría una distancia que perfilaba un pedazo de blanco en el que cabía justo una figura humana. Juana no recuerda si estaba concentrada en algo o si no alcanzó a girarse cuando ese extraño los retrató, pero no miró a la cámara. Siempre creyó que tenía la vista puesta en el Arco del Triunfo, el otro hito de la ciudad, pero años después, cuando le mostró la foto a Borja, él le explicó que no era así. Que de hecho estaba mirando al cementerio y a la *jetée*, un muelle pasarela que servía de paseo de ida y de vuelta.

—¿Y qué pasaba ahí? —quiso saber ella.

—Ahí se acababa la ciudad.

En la foto no se alcanzaba a ver, pero Juana traía bajo su brazo un cuaderno donde tenía anotados los títulos de los cuadros que le habían gustado durante sus visitas al Louvre y al museo de Orsay. Se había pasado mañanas enteras recorriendo las salas de finales del siglo XIX y principios del XX viendo cómo los impresionistas le habían construido una entrada al arte abstracto. Solía anotar el título de las obras que le llamaban la atención junto a breves anotaciones más bien descriptivas, como: *Las líneas paralelas al horizonte dan amplitud.* O: *En esa manzana hay un punto culminante. A pesar del terrible efecto de la luz y de la sombra, es el punto que más cerca se encuentra de mi ojo.*

Ahí también anotó los sueños que tuvo el año 1999, el de la muerte de su papá. En esas transcripciones él no aparece nunca mencionado ni hay ninguna referencia a su muerte, pero está presente en todo lo escrito. Los sueños parecen provenir de los cuadros: *Los planos caen unos sobre los otros, de ahí surge esa impresión que circunscribe los contornos con una línea negra.* A veces hay más de un sueño por noche y están anotados con una letra minúscula que pareciera que no quiere ser leída. *La causa de mi desconcierto es la constante preocupación con el fin que quiero alcanzar.* En todos hay confusión, miedo y desconfianza. En los sueños que Juana tuvo ese año, según el cuaderno, las personas nunca son las que parecen o están transformándose siempre en otras, nunca se ve el sol y hay quienes le ofrecen pastillas para hacer soportable el dolor. A veces esas pastillas son gratis y otras cuestan más de lo que puede pagar. Se cruzan amigos de la infancia con compañeros de la universidad como si fueran los mismos y hay niños que están lejos, perdidos o ausentes. En esos sueños la mayoría de las veces Juana va a bordo de un auto que se maneja solo. Aparecen interiores semejantes a su habitación, las camas están desechas y hay alguien importante que ya no está: la estudiante de la que hereda la pieza, la dueña de un cuaderno que se pierde, la propietaria de una maleta que tiene que devolver.

—¿Quieres salir? —arriesgó durante el desayuno la hija.

—No me siento bien —respondió con seguridad M.

La noche anterior había escuchado a su mamá sollozando. Mientras tomaban café en el salón del hotel, tuvieron una conversación breve y casual. Luego volvieron a su habitación en el piso 12 y ½ y M se volvió a acostar. Juana se duchó y se despidió dándole un beso a M en la mano. Se puso su impermeable verde y salió a la calle. Era una mañana luminosa. Caminó un par de cuadras contenta con la idea de ver antes que ningún otro visitante una muestra que le interesaba, y abordó un vagón que la llevó hacia la parte alta de la ciudad. Se bajó en Lexington a la altura de la calle 86, y desde ahí enfiló hacia el museo Metropolitano.

En ese viejo edificio, una acumulación de veinte estructuras, la mayoría de las cuales no son visibles desde el exterior, cabía el mundo. Dentro se encontraban más de dos millones de piezas y, por lo tanto, era fácil ver mucho sin observar nada en particular. La muchacha sabía perfectamente a dónde se dirigía, así que atravesó el hall con diligencia. Las escaleras principales llevaban al segundo piso, donde se encontraba una pequeña sala, casi marginal, en la que estaba montada la exhibición que quería ver. A Juana le gustaba recorrer las muestras en silencio y tomando notas, así que sacó su cuaderno y comenzó a escribir los títulos de las pinturas que había en los muros: primero un puñado de lienzos de Fernand Léger, de Auguste Renoir y de otros pintores franceses que habían romantizado el desnudo femenino. Como para compensar eso, en el centro de la sala principal había unas extrañas figuras del reino Elam, el torso de un enano del período ptolemaico y una enigmática escultura de la artista Elizabeth Catlett. La muchacha orbitaba entorno al centro de la muestra a distintas velocidades, reparando en distintas piezas.

A través de los cristales de una de las cajas de vidrio donde se conservaban las estatuillas más antiguas, Juana vio un cuadro de Degas en el que aparecía una mujer dándose un baño. Más allá, una prostituta pintada por Toulouse-Lautrec se miraba al espejo. A su lado, el estudio que Rafael hizo para pintar a un Cristo recién nacido, dibujado con tiza roja. Los trazos eran suaves y apenas insinuaban las formas del niño, pero en su conjunto daban la impresión de un recién nacido. Juana vio, a través del grueso cristal, a una mujer doblar la cabeza ante el dibujo de ese niño que aparecía duplicado en la lámina. Su inclinación parecía estar en comunión con el ángulo de los trazos.

Alrededor había representaciones de jóvenes y ancianas, héroes y cupidos interactuando con princesas y esclavas. Había óleos inspirados en escenas bíblicas. Retratos de personajes fijados para siempre en silencio. Labios cerrados y la punta de unos dedos señalando al cielo. Expresiones dramáticas, pavorosas, explosivas. Todos esos cuerpos estaban desnudos y eso creaba, en general, una impresión de despojo e intimidad. Pero la imagen de ese niño duplicado, envuelto en un paño, funcionaba como un centro: un sol alrededor del que se ubicaban los demás. Su desnudo exponía, con naturalidad, una novedad: la del futuro. Es decir, había en él una promesa de transformación. Juana salió del museo prendada de esa idea y bajó las escaleras de concreto que separaban el edificio de la calle con la convicción de que debía, por fin, pronunciar frente a M lo que le quería decir. Lo hizo sin reparar en que el cielo se había nublado, y a pesar de que era temprano, la luz solar se había vuelto tenue, esquiva.

Bajó a la estación del metro y mientras el vagón avanzaba por los túneles, repitió en su mente la frase con la que comenzaría la conversación. *Mamá, tengo algo que decirte.* Sabía que eso la aterraría, pero no se imaginaba otra manera de empezar. Ensayó reacciones y pensó dónde era mejor sentarse para enfrentarla. Antes de entrar al hotel se quedó en la calle sintiendo cómo la electricidad que cargaban las nubes estaba pronta a liberarse esa mañana. Pero ya en la habitación del piso 12 y ½, la encontró vacía. Las dos camas estaban hechas y la pieza olía a flores, aunque no había ninguna en el jarrón del escritorio. Juana reparó en que, sobre el velador, había una nota escrita a mano, en la que

M decía que de pronto había sentido la necesidad de salir. Sacó su teléfono del bolsillo y miró la hora, ¿cuánto tiempo había estado en el museo? La muchacha se asomó por la ventana y se preguntó si en el aire, allá fuera, se advertía un cambio real en la luz o era solo su impresión. El cielo estaba cubierto de nubes que, desde abajo, se veían como vientres hinchados. De pronto, dando un portazo, M entró a la pieza y se quedó junto al armario, llorando.

—Mamá —le dijo Juana acercándose—, ¿qué pasó?

M se llevó la mano a la boca y la miró con los ojos empapados de lágrimas.

—¿Qué? —insistió Juana.

M le extendió la pantalla del teléfono donde aparecía una ecografía. Juana vio una mancha azul en medio de un fondo negro.

—Es la Conchita. Está embarazada.

Tras años de fallidos tratamientos de fertilidad, esa mancha azul era un logro. Su hermana finalmente había concebido de manera natural vida en su interior: el sueño de M. Juana sintió un calor parecido a la emoción, y se alegró. Por su hermana, por esa potencial persona que se estaba formando en ella y luego, al detectar la intensidad del llanto de su madre, sintió celos. Ella nunca podría darle una alegría así. Y después, un vacío. Una gota azotó la ventana. M estaba sonriendo y llorando cuando la lluvia empezó a mojar el vidrio y cubrió de agua toda la ciudad allá afuera. Juana la tomó del brazo y la sentó en la cama. Ahí, la madre desvió la vista de la ecografía, apartó el teléfono y le explicó a su hija que tendrían que cambiar de planes. Iba a dedicar el último día del viaje a buscar ropa a su primer nieto.

O quizás es una nieta, dijo Juana. Pero la madre no la escuchó. Tras la noticia del embarazo, se veía conforme, realizada. Plena. M sería abuela. Ella sería tía. Le escribió a su hermana, genuinamente emocionada. Madre e hija se quedaron sentadas en la cama sin decirse nada y aunque no hubo nada especial en ese silencio, la hija se sintió incómoda. Intentando descifrar por qué, se sorprendió con ambas palmas apoyadas en su vientre, donde todo lo no dicho se amplificaba.

—¿Tienes hambre? —le preguntó con ternura la mamá.

M no cabía en sí misma. Estaba feliz, radiante. La muchacha se puso de pie y le dijo que no tenía hambre. Afuera llovía con suavidad y aunque todavía era de día, la luz de los faroles exponía las aceras, a la vez deslumbrantes e inmundas. A Juana le impresionó ver a su mamá del todo recuperada. Estaba tranquila, sentada en la cama, contemplando otra vez la ecografía. Más allá de los edificios corporativos de Midtown, se veían las copas frondosas de los olmos en el parque empapadas de lluvia. M insistió en que había que celebrar, que la invitaba donde ella quisiera ir, pero convinieron en que lo mejor sería que pasaran la lluvia ahí. Pidieron hamburguesas con papas fritas a la habitación y comieron en la cama.

Pero era demasiado temprano para dar por terminado el día. Después de un rato, Juana le explicó a su mamá que se sentía ahogada y que necesitaba ir a dar una vuelta.

111

—¿A dónde quieres ir con esta lluvia?

—Al parque.

—Qué locura, quédate acá —le dijo M—. Hablemos.

Así que Juana, sorprendida, soltó su impermeable. Lo volvió a colgar en el clóset y se dio una vuelta por la habitación. Arrastró los calcetines por la alfombra y sintió que el piso era suave, propicio.

—Hace tiempo que quería hablar contigo de lo que me pasa pero no encontraba el momento y la verdad es que no quiero que te preocupes —le dijo.

—Pero me preocupas.

—Mamá...

M asintió y Juana continuó.

—Estoy bien, pero como tú misma te diste cuenta, me pasa algo.

—Cuéntame.

—El otro día, en la casa de la Conchita, cuando me preguntaste si no me gustaba parecerme al abuelo, la verdad es que no. No me gusta parecerme a él ni a ningún hombre.

—¿Por qué?

La madre intentó sostenerle la mirada, pero se le hizo difícil. La calma que irradiaba desde que sabía que iba a ser abuela se estaba extinguiendo. Juana no contestó.

—No entiendo —dijo la madre, replegándose.

—Es lo que te vengo tratando de decir hace un tiempo.

—Mi amor, trato de entender lo que me dices pero no puedo.

M se reincorporó, se llevó las manos a la cara. Miró a su hija con amor y desconcierto.

—Te escucho y te veo y se me vienen ideas y recuerdos que me iluminan, pero luego me pierdo.

—Es que...

—Déjame hablar a mí un momento. ¿Por qué habrías de tenerme miedo, miedo a qué?

—A...

—Desde hace años entendí que ustedes tenían que ser libres y felices. Y lo que hago es encaminar mi amor, dedicación y corazón para ayudarlos a ti y a tu hermana en lo que más les guste hacer y ser.

M tomó a su hija de las manos y le pidió que no le tuviera miedo. Juana asintió. La madre le aseguró que trataría de comprender lo que fuera que le pasaba y la hija, exhausta, sintió que había alcanzado un límite. Sabía que si pronunciaba esas dos palabras que venía formulando dentro suyo desde hace tiempo, la tensión que sostenían con M se transformaría en otra cosa. Pero no podía.

Después de una larga carrera de pintura y grabado en la que Joseph Menzel se centró sobre todo en temas históricos, literarios y políticos, el pintor alemán enfocó su atención en la crónica de figuras de la vida cotidiana. Sus dibujos, que nunca fueron pensados para ser expuestos, sino que los realizó como ensayos privados y previos a sus pinturas, exploran las expresiones de distintas modelos. Hay un boceto hecho en grafito, del año 1870, en la que aparece la misma mujer dibujada dos veces. A la primera versión de ella, de escorzo, le llega la luz de frente, mientras que la segunda, de frente, está envuelta en una sombra. Ambas traen puesta la misma ropa, tienen el mismo peinado y mantienen el cuello inclinado en el mismo ángulo. Son la misma persona. Y no. En el papel, una hoja de quince por veinticuatro centímetros, las dos mujeres se dan la espalda, como si un encuentro frontal entre ellas fuera imposible. En las esquinas del boceto, Menzel detalló, a una escala mayor, un ojo. ¿Pertenece a la mujer que está a la luz, a la que está a la sombra o es la intersección entre ambas?

Esa tarde hubo videollamadas a Santiago interrumpidas por la mala conexión a Internet, mensajes de voz enviados a las hermanas de M, palabras de celebración, preguntas para hacerle al doctor y cálculos sobre la fecha de nacimiento. La madre le había encontrado un destinatario a lo que tejía y se abocó a eso. Juana se acostó temprano y se quedó un buen rato viendo llover. Desde su cama, con los brazos cruzados sobre el pecho, entendió que, si quería volver, tendría que ir sola a Dia Beacon. De la primera visita que hicieron con el taller de L, recordaba la imagen de sus compañeros de curso mirando por las ventanas del tren (P con la cabeza inclinada, A y G midiéndose el tamaño de las palmas) y afuera los álamos que crecían al borde del río. Recordaba sobre todo el desconcierto que le generó ver por primera vez la serie *Innocent Love* de Agnes Martin. El colosal museo ya era de por sí un espacio intimidante, pero en esa sala, el conjunto de ocho acrílicos que colgaban quietísimos invitaban a una forma de recogimiento. Entre ellos se percibía una emoción que, para Juana, no tenía nombre.

Los acrílicos eran todos cuadrados blancos que medían 1,50 x 1,50 metros y estaban enfrentados dentro de una sala de luz tenue. La luz, que simultáneamente caía y salía de ellos como si fueran espejos opacos, generaba una vibración con los cuerpos que visitaban la sala. Una red invisible de la que Juana se hizo consciente al alejarse y acercarse a los cuadros para luego quedarse muy quieta. Si quería, ella podía ser parte de la obra. A primera vista resultaban bastante similares, pero cada uno tenía su propio título y los nombres en las viñetas eran insoportablemente azarosos y perfectos. Variaban entre sentimientos como *Happiness* y *Love*, hasta otros más narrativos y provocadores como *Where Babies Come From*.

L estaba a su lado en esa sala, mirando fijamente los blancos. Juana sentía que, como su alumna, había aprendido a mirar como ella, con un ojo puesto en el presente y otro en el futuro. Esa desviación del tiempo no le provocaba ansiedad, todo lo contrario: perspectiva. Y anidaba así, para más adelante, la posibilidad del despliegue de algo que todavía no estaba listo para ser. Mirar, como miraba L, era pactar una forma de promesa. *La muerte señalada, quién sabe en qué lugar de las células en constante movimiento*, había escrito. *O en la tierra que descompone los órganos para que crezcan las flores en los bordes de las tumbas.*

El resto de la visita al museo se había evaporado de su memoria. Sabía que habían ido en otoño porque las hojas de los árboles eran amarillas, casi del mismo color del abrigo de P y también sabía que habían pasado todo el día allá, porque volvieron a Manhattan mientras oscurecía. Todo eso estaba anotado en su cuaderno de apuntes. Pero seguía teniendo las mismas preguntas. Esos cuadros, *¿eran paisajes, eran acertijos? ¿Eran una broma?* ¿De dónde venían las guaguas? La madre encendió la luz del velador y mientras se ponía su camisa de dormir, le explicó a Juana que visitar ese museo le parecía un panorama quizás demasiado largo. Y una vez en la cama, le confirmó que al día siguiente preferiría quedarse en la ciudad y hacer algunas compras. Juana se giró hacia ella. *¿Te duele mucho?*, le preguntó, pero M no respondió.

Un mes después de que Juana conociera a Borja, para la noche de San Juan, el centro de alumnos de su carrera organizó una fiesta en el campus y les dieron permiso para dormir en los talleres de arte. A Juana esa idea le aterraba, pero fue para ver a Borja. Él llegó tarde y jadeando. Había tenido que saltarse la reja porque ya no estaban dejando entrar a más personas. En medio del patio, alrededor de los arcos, había una gran fogata. Juana jamás entendió qué representaba ese fuego, pero ahí se quedaron mientras sus compañeros bailaban. Él no tenía ganas de hablar. Le preguntó si le pasaba algo y él negó con la cabeza, sonriendo. Así que ella se llevó el índice a la boca, para hacerle saber que entendía.

Esa noche, madre e hija durmieron profundamente. Juana soñó con una ciudad laberíntica, en que ninguna de sus calles era lo suficientemente ancha como para que pasaran dos personas. Los pasajes de adoquines eran habitados por toros mansos, de pieles manchadas, que caminaban con pereza de un lado a otro, apoyándose en las murallas de las casas, todas pintadas de colores que el sol había desteñido. La lentitud de esos toros le provocaba exasperación, pero luego al pasar la mano por sus lomos y sentirlos tibios y latiendo, entendía que proponían otro tiempo. Una demora. En un momento del sueño, Juana se abría paso entre los animales y asomaba por el final de un pasaje. Desde ahí veía un río caudaloso y calmo que arrastraba un agua desde hace siglos.

Se lamenta, había escrito L. *Se lamenta, se lamenta el cuerpo mientras lame la herida que no cierra.* ¿Qué hacer? No había forma de llegar desde el final de ese pasaje al río. *Abre la boca, circula el aire*, decía el texto de L. *Y en ese pozo se instala la constancia.* ¿De qué? *Las sombras no habitadas son a veces necesarias para disipar la vida.* Amaneció despejado y cuando abrió los ojos, la muchacha encontró a su mamá vestida y peinándose frente al espejo. Su pelo se veía sedoso, suave, brillante. Con un tono de voz bajo, la hija le preguntó si había dormido bien y la mujer asintió.

—¿Necesitas algo?

—No, amor. Estoy perfecta.

La noticia de la nueva vida la había terminado de sanar. Esa mañana bajaron al salón del segundo piso del hotel a tomar desayuno con los demás huéspedes y mientras estaban sentadas, cada una en un sillón, M le contó que había estado averiguando sobre una tienda cerca de donde habían estado las torres gemelas, en la que vendían ropa de cuna, piluchos y enteritos. Juana suspiró y sonrió. Su mamá le explicó que no podía pensar en otra cosa. Le pidió que fuera generosa y que la entendiera. La muchacha, dándole un sorbo a su café, le respondió que estaba bien, que la noticia era maravillosa y que también estaba feliz.

Terminaron el desayuno en silencio y salieron juntas del hotel. Una vez en la calle, M le pidió que la encaminara al distrito financiero, así que tomaron el metro en esa dirección. Juana iba a aprovechar de conocer la enorme estructura blanca que se elevaba junto al memorial de las torres. Cuando ella vivió en la ciudad, apenas se podía visitar esa zona y hoy estaba convertida en un lugar de peregrinaje. Los planes originales para el Oculus de Calatrava con el que se conmemoraría lo ocurrido consideraban un techo hidráulico cuyas alas se moverían, abriendo el espacio hacia el cielo. Su autor imaginó que la imponente estructura ofrecería su otra forma de recuerdo, comunicando «una sensación sutil de la vulnerabilidad humana en vínculo con un orden superior». Pero en varios medios, incluido el *The New Yorker*, habían comparado la estructura con una metralleta, un monstruo marino y un cadáver despedazado por un buitre.

En el vagón, M se sentó delante de su hija y sacó de su cartera el tejido. Le gustaba observar a los pasajeros mientras movía los palillos. Juana, en cambio, abrió su cuaderno y antes de anotar cualquier cosa, la asaltó una duda.

—Mamá, ayer.

—¿Sí?

—De dónde venías cuando volviste.

M lo pensó un momento y le contó que había salido una hora después que ella. Al museo.

—¿Entraste?

M asintió, contando los puntos en silencio.

—¿Y qué exposición viste?

—La tuya. La que tú me recomendaste.

Sin dirigirle la mirada a su hija, mencionó el cuadro de esa mujer desnuda reclinada sobre el paisaje y un pequeñísimo grabado de Durero que era lo que más le había gustado. ¿Cuál?, quiso saber Juana repasando mentalmente la muestra. Un Adán y Eva, respondió la madre. Juana se quedó callada. Revisó las notas en su cuaderno, pero no había reparado en esa obra.

La muchacha se quedó sintiendo el suave vaivén del metro avanzando por los rieles. Pensando en que, al salir del Met, quizá se habían cruzado. La madre se había quedado como suspendida, manteniendo la mirada fija en el suelo del vagón. Era una mujer tremendamente bella y triste. Juana notó que su cara descansaba sobre uno de sus puños, y se reconoció, a sí misma, en el vagón del metro, sosteniendo la misma postura.

Al bajar del metro, la hija le preguntó por última vez si no quería ir con ella a Beacon. *No, amor*, le respondió y mientras caminaban por la estación, comenzó a dejarse ver esa especie de capilla altísima que se elevaba al cielo. Desde abajo, Juana notó con decepción que ese sitio no era un oratorio ni un memorial, como creía, sino el techo de una estación de metro que además encubría un centro comercial de lujo. M traía puesto un abrigo azul acampanado y un pañuelo rojo alrededor del cuello, con el que se tapó la boca cuando se detuvieron bajo los arcos. *¿Lindo, no?*, dijo la madre. Juana asintió, condescendiente, y le recordó que esa tarde se juntarían en la pileta de Washington Square, una plaza que a las dos les gustaba. Luego podrían comer juntas en algún restorán del barrio. Ella dijo: *por supuesto, ahí nos vemos.* Y Juana la observó alejarse aferradísima a su cartera, como si de ella dependiera su equilibrio.

Una vez sola bajo la enorme estructura blanca, la muchacha perdió interés y se dirigió al Central Station, donde compró un pasaje a Beacon y abordó un tren azulino, antiguo pero bien mantenido, que estaba por dejar el andén. Desde su asiento vio cómo se desplegaban los extrarradios de la ciudad y su figura iba perdiendo solidez hasta que lo único que hubo fue rieles y orilla de río. La línea ferroviaria era una sutil intromisión en medio de ese paisaje vasto y natural donde reinaba otro orden distinto, sereno y primitivo. El follaje del bosque reflejado sobre la superficie del río Hudson parecía amortiguar el sonido del tren y eso le generó una impresión expansiva. La línea del horizonte era fija, pero la textura de los cedros y acacias barridas por el viento eran pura mancha.

Berthe Morisot fue una de las fundadoras del impresionismo. Se dice que no se doblegó a las convenciones de la pintura amateur ni a las del artista masculino profesional. Y lo cierto es que ella misma se ubicó en una especie de entremedio: no le interesaban ni las escenas exclusivamente domésticas ni los espacios públicos, sino unas zonas imprecisas donde los sujetos podían expresarse con libertad. Le interesaba retratar personas que sus pares masculinos descartaban: mujeres con ropa y trabajadoras. Su técnica era brutal. No dibujaba nada, sino que a través de expresivas pinceladas que bordeaban la abstracción generaba escenas en las que a veces el ojo podía perderse. En sus lienzos las murallas parecen estar vivas y los ropajes son tan expresivos como la piel humana. Mientras estuvo viva, sus obras no circularon y muchos de sus cuadros fueron consideraron inconclusos porque dejaba los bordes exteriores del lienzo sin terminar. Como si se opusiera a esos límites.

Entre las mujeres que pintaba había costureras, sirvientas y bailarinas. Madres, intelectuales y artistas. A Juana le gustaba sobre todo un estudio que tituló *Al borde del agua* en el que, bajo el espeso follaje de un árbol, hay una mujer tendida junto a una poza en la que flotan nenúfares y lirios. La mujer está reclinada mirándose en el agua, pero no vemos exactamente su reflejo sino que un fragmento distorsionado de ella en el que su brazo y mano asemejan el cuello de un cisne. Esa figura doble es enigmática y melancólica. Alrededor de ella, que tiene un vestido claro y cuya piel está iluminada, el paisaje parece sombrío. Como si la aquejara una terrible pesadumbre. Los bordes de la pintura, en clave Morisot, están desperfilados. Lo que le gustaba a Juana es que esa falta de definición en los bordes la hacían parecer una ilusión, le daban a su vez un marco irreal a la escena. Ese era el poder de las manchas.

Durante el trayecto a Beacon, la muchacha se convenció de que la distancia con M, esa mañana, les haría bien. Que a la vuelta, cuando la saludara, no tendría más opción que enfrentarla. Pero unos kilómetros antes de llegar a Beacon, la invadió la desesperanza. Al otro lado de la ventana vio una pequeña isla y en su centro las ruinas de un castillo afirmadas por vigas diagonales que oponían resistencia al derrumbe. Esa imagen hizo que Juana pasara del optimismo a la derrota. Esos restos le recordaron otros edificios abandonados de los que había leído en un texto de Robert Smithson: un puente de madera y sus vigas metálicas, un contrafuerte de hormigón, máquinas en reposo que parecían *criaturas prehistóricas atrapadas en barro*, una zanja de piedra y chimeneas industriales.

La invadió un desasosiego irracional. La isla y sus ruinas desaparecieron rápidamente tras la ventana y cuando esa imagen se fue, Juana entendió que estaba experimentando un duelo. Tenía claro que su trabajo era, por ahora, soportar el dolor, dejarlo ocurrir, que se expandiera dentro y fuera suyo. Pero el exceso de remembranzas le resultaba pesado. Quizás la experiencia trans —y más ampliamente, la experiencia *queer*, pensaba la muchacha— era inseparable de los rituales de los muertos. Velar el cuerpo quebrado, abrazarlo y cuidarlo en su tránsito. Alrededor de las conexiones que surgían a medida que el tren avanzaba, estaban las dos palabras que Juana no se atrevía a pronunciar. Y detrás de ella, latente, su nombre. El único que había sido suyo y que repetía para sí misma. Dejar de nombrarse como el hijo de M era reconocer la pérdida. Y así, todo el viaje era una despedida. Por eso, quizás, M creía que expresar su dolor en palabras le estaba prohibido. Pensando en ella, el ruido de las ruedas del tren decía al mismo tiempo *ahora* e inmediatamente después *no todavía*.

Ahora, no todavía. Ahora, no todavía. Esa mañana, al bajarse en la estación de Beacon y cambiar por el sendero que llevaba al museo, ella y un pequeño grupo de visitantes fueron los primeros en entrar. Años atrás, la serie de Agnes Martin estaba en la primera sala, a la derecha, así que se dirigió hacia allá. Pero una vez adentro se encontró con que las pinturas blancas que estaban expuestas ahí, a diferencia de los cuadros en su memoria, eran de distintos tonos y tamaños. Parecían más opacos y menos vibrantes de lo que recordaba. Se acercó a las viñetas y, aunque estaba en la misma sala, esos lienzos no eran los que buscaba. *Crecer. No vemos crecer*, dice el filósofo francés François Jullien en *Las transformaciones silenciosas*. No vemos crecer a los niños ni a los árboles, pero un día nos sorprendemos del tamaño que han alcanzado.

Los cuadros que Juana tenía delante esa mañana eran de Robert Ryman, un artista que comenzó su carrera como guardia de museo y tras recibir un curso de introducción al arte, experimentó con pintura. Aunque a Juana le gustaba su propuesta, su trabajo no tenía la misma dimensión espiritual que el de Agnes Martin. Es decir, ambos trabajaban con el blanco como vacío, pero para Ryman este parecía transmitir una especie de hastío, como si él estuviera enojado con algo. Martin, en cambio, construía con la palidez de sus lienzos un remanso.

La muchacha miró alrededor y vio a una mujer que, como Robert Ryman en sus inicios, trabajaba de guardia. Se acercó y le preguntó por la serie *Innocent Love*. Ella le dijo *yeees* extendiendo la duración de esa afirmación como si fuera una negación. Lamentablemente, entraron a restauración. A la muchacha le costó asimilar eso. ¿Cómo?, insistió Juana. Ahora no se pueden ver, respondió la guardia sosteniéndole la mirada. Juana, decepcionada, se vio a sí misma vagando sin rumbo por las monumentales salas del museo donde sus pasos no se oían.

Después de algunas rondas, reconoció una obra de Robert Smithson ubicada al final de un enorme pabellón. Era un espejo rectangular, insertado en diagonal en un gran montón de arena. Junto a *Leaning Mirror* había una muchacha con un pañuelo en la cabeza tratando de encontrar un ángulo para hacerse una *selfie*. Juana la vio moverse y probar varias posiciones. La vio dar vueltas alrededor del montículo de arena, agacharse e intentar con distintos ángulos. La vio suspirar y luego alejarse, sin duda molesta. Al acercarse comprobó que el espejo, por su inclinación, apuntaba al techo del museo y solo reflejaba un punto ciego. Nadie podía verse en él. Y sin reflejar a quien lo veía, esa obra estaba demasiado sola en el mundo.

Juana sintió ganas de llorar y salió a tomar aire. Afuera corría viento, se abrochó el impermeable y se llevó las manos a los bolsillos. El llanto la invadió por la espalda, con la fuerza de una ola, y aunque en un principio le puso resistencia, luego dejó que la embargara. Un espasmo de pena que venía acumulándose desde que habían aterrizado devino en ahogo y en lágrimas. Cuando recuperó el ritmo usual de su respiración, consideró que podía quedarse lamentando ese silencio o desafiarlo. Pero ¿cómo? Si nadie podía reflejarse en la obra de Smithson, ¿por qué querer lo imposible? Si era honesta consigo misma, lo que ella deseaba de verdad era darle curso a su tránsito y, en ese sentido, ese espejo inclinado sí podía funcionar como un portal. Así que regresó al museo y se quedó un buen rato delante de ese montículo de arena en el que estaba enterrado el espejo. Sin nadie que se cruzara delante podía reflejarse, eso era un paréntesis en el tiempo.

Horas más tarde volvió al andén y tomó el tren que la llevó otra vez a la ciudad. Durante el viaje de vuelta se sorprendió cómo se le develaba de otra manera el mismo paisaje. *Lo familiar*, le había dicho L, *se vuelve extraño al volver.*

En 1907 Auguste Rodin esculpió el busto de una mujer que parece estar entrando o saliendo de un sueño profundo. Se llama *Madame X* y tiene los ojos entrecerrados. El bloque de mármol está tallado con brusquedad en la base, lo que contrasta con las áreas más suaves que se encuentran a la altura de la cara y los hombros. La historia cuenta que a la modelo de ese retrato no le gustó el estado aparentemente inacabado de la escultura y le pidió a Rodin que no la exhibiera jamás. Y Rodin obedeció, pero la obra no estaba sin terminar. El retrato de Anna-Elisabeth de Noailles era así. Y estaba listo. A la condesa quizás no le gustó estar ni despierta ni dormida, y quizás consideró que era demasiado íntimo ser retratada saliendo de un plano privado para entrar a otro público. Veinte años después de que rechazara esa representación de sí misma, la condesa, que también era poeta, escribió: *Puesto que para siempre callas, puesto que se han caído tus ojos, sueño con el corazón radiante en la nada que me espantaba. Porque mi miedo a morir era la angustia de decirte adiós.*

Unos meses antes de viajar con su mamá a Nueva York, Juana contactó a una astróloga que estaba por retirarse pero que, en algunas ocasiones, aceptaba hacer lecturas de cartas astrales. Era una vieja ermitaña que se mostró, en primera instancia, reacia a atenderla. Luego fue cauta y finalmente le pidió a la muchacha que consiguiera la fecha exacta, el lugar y la hora de su nacimiento. Y eso hizo, le dio toda esa información. Citó a Juana en su departamento, uno de cientos en esas enormes torres residenciales de pasillos oscuros. En una sala pequeña, la mujer la recibió y la invitó a sentarse.

—¿Nunca te confundiste de signo? —quiso saber. Tenía el pelo blanco y desordenado atado en un moño.

—Nunca —respondió la muchacha mirando su carta.

La mujer sirvió dos tazas de té.

—Bueno, el signo es el signo. Y nos ubica en el cielo —dijo suspirando—. Los ascendentes, en cambio, nos ubican en la tierra.

La carta de Juana mostraba que cuando nació, el Sol estaba sobre Aries y Géminis se elevaba por el oriente. Eso significaba que Géminis la había marcado por el costado mientras que el Sol, en Aries, le imprimió su sello por arriba.

—Los tránsitos son predictivos —dijo la mujer, pasando su palma sobre las líneas que cruzaban el círculo central de la carta—. Nos van anunciando cómo se viene la mano.

Lo primero que hizo fue identificar una tensión entre el Sol y la Luna, entre lo que Juana quería y lo que realmente necesitaba.

—Esta tirantez incluso se siente en el plano físico —aseguró—. ¿Sabes a lo que me refiero?

Juana asintió. Era esa dimensión de sí misma que le daba vergüenza.

—Es tu padre. Él te está tirando.

—Mi papá está muerto —le dijo la muchacha.

—Hay un padre dentro tuyo que sigue operando —respondió la vieja con tranquilidad.

—¿Y qué quiere?

La astróloga sonrió, complacida como si hubiera estado esperando oír eso desde el comienzo de la sesión.

—Preguntarte si los sueños que estás cumpliendo son los tuyos o los de él.

Era una buena pregunta.

—Muy pronto en tu vida Urano hará conjunción con Marte y el Sol y eso lo vas a experimentar como un llamado imperioso a tomar una decisión. Sobre ella va a estar Saturno, dios del tiempo, resistente a los cambios. Antiguo y tradicional.

—¿Y?

—Una parte tuya va a querer quedarse quieta y otra va a querer expandirse.

—¿Expandirse hacia dónde? —le preguntó Juana bajando la mirada.

—Por lo menos hasta romper esa máscara —le devolvió la mujer.

Luego mencionó a Urano, el planeta de lo extravagante. Mostraba que la muchacha tenía en su poder una tecnología capaz de transformar las cosas.

—Esta tecnología, ¿es una idea? —quiso saber Juana.

—Puede ser. O quizás es algo concreto, que se expresa en lo físico.

Esa palabra fue la primera que escuchó con su oído nuevo. Un oído de la misma proporción del anterior, pero infinitamente más delicado, que se abrió durante la sesión. Por ese orificio, perfecto y femenino, las cosas debían afinarse para entrar y luego tenían una resonancia interna extraordinaria. ¿Qué, de lo que era suyo —se preguntó Juana—, podía ser una tecnología? Lo primero que pensó fue que la palabra era demasiado fría y mecánica para señalar algo íntimo. Luego descubrió que en su etimología, la palabra tenía una raíz cercana al arte, venía de la unión de *tekne* (técnica) y *logos* (discurso). Ese hallazgo le señaló una ruta. ¿Y si esa herramienta de la que le hablaba la astróloga era una habilidad que se aprendía? ¿Una destreza, como el género?

Llegó a Washington Square justo a la hora que habían acordado. La plaza estaba ubicada frente a la que había sido su biblioteca universitaria y la conocía bien. Como no vio a M y las nubes estaban dispersándose, Juana se sentó al borde de la pileta a recibir un poco de calor de los rayos de sol. Pasaron diez minutos, quince y luego veinte. Juana dio un par de vueltas alrededor de la fuente buscándola entre las personas que estaban ahí. En general su mamá se atrasaba, pero este atraso se sintió deliberado y comenzó a dar círculos más amplios por la plaza. La buscó bajo el arco y en los pastizales laterales. Caminó hasta el canil, pasó por los bancos que estaban a la sombra, recorrió las mesas en las que los viejos se juntaban a jugar ajedrez, pero su mamá tampoco estaba ahí. ¿Y si había tenido una recaída? Comenzó a andar más rápido, preguntándole a las personas que paseaban por la plaza si habían visto a una mujer baja, hermética y hermosa.

En una de las esquinas de la plaza entró a un café donde pidió la contraseña del Wifi y apenas su teléfono se conectó apareció un mensaje de M. *Estoy aquí, amor.*

Al lado de los tulipanes. Lo había mandado hace más de una hora. Juana no podía creerlo, había pasado por los tulipanes varias veces. Salió a la calle. Con el teléfono entre las manos, soltó un grito y el sonido le rasgó la garganta. Estaba agotada. Aceleró el paso de vuelta hacia la plaza porque necesitaba encontrarla, abrazarla, pedirle perdón, olerla, preguntarle, culparla, darle un beso, retarla, decirle que no podía vivir sin que la viera como ella era. Con la disminución de la testosterona eran cada vez menos las veces que sentía ira, pero ahora avanzaba furiosa, determinada, imparable. Antes de alcanzar la pileta la distinguió de espaldas, sentada entre una multitud, tejiendo. Juana se detuvo a recuperar el aliento y se quedó mirándola. Parecía estar a gusto bajo el sol.

Era esa particular hora en que la tarde todavía no comienza a declinar, pero el calor ya no es insoportable. Cuando se dice que comienza a refrescar. Había algo puro y luminoso alrededor de la fuente. El modo en que M estaba ahí sentada parecía en profunda sintonía con ese declive que vendría. Pero todavía era, de alguna manera, temprano. Juana se mantuvo lejos. Esa imagen era también la imagen del dolor. No podía acercarse porque hacerlo era romper con la placidez de M. Así que se quedó quieta y, como una estatua, se llevó los dedos de la mano a la boca. Su mamá desvió la vista de su tejido y se dio media vuelta. Con una expresión impasible miró exactamente hacia donde estaba la hija, pero sus ojos la atravesaron. Y retomando su tejido, siguió esperando. Esperando a su hijo.

Cuando Juana lo llamó por su nombre, Borja se giró lento como si estuviera protegiendo algo. Luego, las cosas alrededor de ellos quedaron quietas. En la mirada del muchacho había ternura y reproche porque Juana lo había interrumpido. Lo había sacado de sus pensamientos, de su pozo *azul.*

—¿Qué? —quiso saber él.

—Nada —le dijo ella sonriendo.

Borja suspiró y su atención volvió pronto a perderse. Se fue lejos de la terraza en que estaban, siguiendo con la mirada un remolino de viento que pasó por su lado. Juana se preguntó si había algún otro lugar en el que preferiría estar. El cielo porteño estaba perfectamente claro y estrellado. El viento de la tarde había barrido con todas las nubes en el horizonte y ahora la noche, sobre ellos, tenía algo deliberado.

Juana y Borja habían visto, años atrás, la gran Nube de Magallanes, uno de los objetos celestes más hermosos que el ojo humano puede contemplar en el hemisferio sur. Pero lo cierto es que su imagen se había borrado de la memoria de la muchacha. Como eso fue lo primero que se le vino a la cabeza tras ver pasar ese remolino de viento, le pidió que le recordara cómo eran. *Acuérdate,* dijo él con dulzura. *Como una mancha de resplandor.*

Estaban sentados en la mesa de un pequeño restorán entre dos cerros, con vistas al puerto. Borja la había invitado a pasar unos días a Valparaíso antes de partir. Esa noche habían decidido salir a comer para despedirse y pidieron, al azar, cualquier plato del menú, todo les gustó. Desde su mesa se veían las luces de la aduana y abajo, el reflejo distorsionado en la bahía. Estaban en silencio porque querían estarlo y porque podían hacerlo. Habían aprendido años atrás y recuperar la práctica les costó poco. A un costado de ellos había un enorme naranjo que marcaba el fin de la terraza y parecía un rincón destinado a que pasara algo. Pero no pasaba mucho, en las otras mesas había otras parejas, como ellos, conversando y comiendo.

Los dos se quedaron un buen rato así, mirándose y mirando alrededor, levemente borrachos. Ese enorme acantilado que se abría entre los dos fue interrumpido solo por un breve intercambio de palabras sin importancia con el garzón. Juana estaba a gusto y sentía que Borja también. Se quedaron en la mesa hasta que les pidieron que se fueran, iba a cerrar el restorán. Hubo un año en que el momento favorito del día de ella era sentarse frente al computador a escribirle a él para después esperar que llegara su respuesta. Aunque solían hablar a diario por teléfono y vivían cerca, era por correo donde se contaban lo que les pasaba de verdad. Fue a él a quien Juana le escribió su primera carta de amor. La muchacha recuerda que esa vez, incapaz de pronunciar lo que sentía, fue liberador ponerlo en palabras escritas.

Al salir del restorán, la muchacha tropezó en los últimos peldaños de la escalera y Borja, sin querer, la atajó. Juana sintió ese olor característico que emanaba desde su cuello. En esa proximidad accidental ambos sintieron, de forma simultánea, cómo era cuando estaban juntos. Un relámpago del pasado. Y no se movieron hasta que la muchacha dijo vamos. Él respondió con otro vamos. Y se fueron.

La pendiente era inclinada y no había nadie en las calles. Ni un alma. La ciudad en penumbra vertía sobre ellos su propio silencio. Como no sabían qué ruta tomar para volver, cuando encontraron dos caminos, uno que subía y otro que bajaba, la muchacha levantó los hombros. Y él se llevó las manos a la nuca. Ninguno quiso decidir por dónde seguir.

Se dice que los seres humanos miramos a las estrellas buscando respuestas. Que elevar la vista es, de alguna manera, exigirle al universo una explicación para entender lo incomprensible. Esa noche la luna estaba cerca y Borja apuntó uno de los dos caminos que los llevó a un pasaje que terminaba en un mirador. Decidieron quedarse ahí un momento. A lo lejos se escuchaba el mar y cada cierto rato se sentían los buques soltar sus vapores. Volvieron a mirar el cielo, esta vez a través de ramas cubiertas de azahares.

La luna se distinguía con facilidad, pero no se podía tocar. Tampoco dejaba ver su superficie. Aunque las ilustraciones científicas y las fotografías satelitales la mostraban como un lugar acontecido, lleno de mares y accidentes, a Juana le parecía que desde abajo era pura ficción. Más el recuerdo de una luz distante que cualquier otra cosa. Esa noche la luna estaba llena y se encontraba en su punto más cercano a la Tierra. Se veía poderosa y brillante. Borja le dijo que ese tipo de luna ejercía una fuerza especial sobre las mareas y la muchacha recordó la profundidad de toda esa superficie destellante más allá de la orilla.

De pronto, un crujido anunció que se acercaba algo. Vieron a un perro callejero asomarse desde lo oscuro. Sus ojos delineados estaban buscando algo, una cosa más allá de lo visible. Juana se agachó y le acarició el cuello. El quiltro soltó un resoplido de cansancio y satisfacción y se echó a sus pies.

—No me conoce —dijo sorprendida Juana. ¿Había mayor soledad que la desconfianza?

A los diez años la astrónoma Caroline Herschel se enfermó de tifus, lo que la hizo perder la visión de un ojo. Pero con el otro, vio cosas que estaban lejos. Lejísimos. Mientras trabajaba en el observatorio de su hermano, sintió un impulso por pasar las noches estrelladas en los prados colindantes que solían estar cubiertos de rocío. Sin un ser humano alrededor. Sola. Esas noches, a través de su único ojo útil descubrió una nébula, dos mil estrellas y ocho cometas. Cosas sobre las que nadie nunca había posado la mirada. Cuando le preguntaban, Herschel decía que lo que hacía de noche era cuidar los cielos. Como si esa vastedad lo necesitara.

En su tumba se lee: *Los ojos de la que es glorificada aquí abajo se volvieron hacia los cielos estrellados.*

Borja y Juana dejaron atrás el mirador y, acompañados del quiltro, avanzaron en cualquier dirección, atravesaron dos pasajes y una pendiente. De pronto, reconocieron algo a lo lejos, en el cerro próximo, el cementerio. Avanzaron hasta ahí por una calle curva y lo encontraron cerrado. Se quedaron afuera. Borja se fumó un cigarro apoyado en una de las barandas que rodeaban el panteón. Juana lo observó: su cara apuntaba hacia el norte, mientras su pecho se abría hacia el sur. El viento le había desordenado el pelo, que traía largo y liso sobre los hombros. A pesar de que la luz de luna volvía nítidos los perfiles, el muchacho estaba envuelto en una penumbra grave. En la que, a pesar de todo, se alcanzaba a percibir su historia, encriptada en la tristeza permanente de su expresión.

Se dice que a las personas melancólicas les cuesta movilizarse porque el vínculo que tienen con el pasado las aquieta, como si estuvieran siempre esperando. Frente al enorme pórtico del cementerio, Borja le preguntó si estaba bien y la muchacha le respondió que sí. Era verdad. Estaba bien con él bajo esa sombra. Caminando del brazo, encontraron el rumbo de vuelta a la casa. Las suelas de las zapatillas de Juana estaban gastadas, apenas una delgada franja plástica le separaba los pies del suelo. Los cordones, además de desteñidos, estaban rotos y los cuellos de los talones completamente desechos. Las había comprado en una tienda de descuentos cuando llegó a vivir a Nueva York y con ellas aprendió a trotar. Por esa época se levantaba a diario, antes de que saliera el sol, y se las calzaba con los ojos cerrados. Cuando iba recién por la mitad del puente de Williamsburg y amanecía, la muchacha comenzaba a sentir que despertaba y se hacía consciente del frío, del calor o de lo que fuera que la aquejara. A veces sentía que las zapatillas conocían el camino de vuelta a su departamento y la llevaban cuando al final del puente ella ya no tenía fuerza.

Mientras comían en el restorán, le había dicho a Borja que ya iba siendo hora de deshacerse de ellas.

Subieron por una escalera metálica y atravesaron un puente colgante. En el fondo de las quebradas había flores silvestres y basura. Una vez en la casa, Borja hizo girar la llave en la puerta y entraron. En la televisión estaban dando una película en la que un planeta se acercaba a la Tierra y su colisión iba a significar la extinción de la vida humana. Ese planeta, pensó Juana mientras se echaba en el sillón, había estado siempre ahí, escondido y avanzando por el universo. Era cosa de concentrarse para sentirlo avanzar.

En la película, un personaje decía que los seres humanos siempre hemos proyectado dibujos imaginarios en el cielo. Y contaba que la cabra, el león y el escorpión, todos animales terrestres que correspondían a un signo del zodíaco, fueron los primeros en tener sus constelaciones. A Juana le pareció sorprendente, y a la vez claustrofóbica, esa operación de proyectar en el mundo celestial lo mismo que habitaba en el mundo terrenal. ¿Por qué poblar lo desconocido con lo conocido? Borja le respondió que hubo un escritor que lo explicó así: «No tenemos necesidad de otros mundos. Lo que necesitamos son espejos. No sabríamos qué hacer con otros mundos». Un solo mundo, «el nuestro, nos basta. Pero no nos gusta como es». Juana creía que había otros mundos, pero estaban en este. Detrás. Abajo. Ocultos, como el planeta de la película.

Cuando estaban juntos, con Borja, solían ir al cine y a él le gustaba darle la mano durante toda la proyección, sin importar lo incómodo que fuera. Esa mano ancha y áspera que ahora ocupaba para sostener el equilibrio de sus piezas de cerámica en el torno. Juana sentía su respiración y cuando comenzaba a descifrar el secreto de ese ritmo constante con el que iba y venía, se quedaba dormida. A partir del siglo XVI, cuando los navegantes europeos salieron a explorar los mares del sur, se encontraron con un cielo nuevo que desconocían por completo y para poder atravesar sus aguas tuvieron que crear nuevas constelaciones, el cielo imaginario tuvo que expandirse. Si antes estaba ocupado por figuras clásicas, de pronto este se pobló de animales exóticos: aparecieron las constelaciones del ave del paraíso, el camaleón, la grulla y el tucán.

Quizás el mapa del cielo era un mapa de la propia conciencia, expandida.

El encuentro de dos mundos no alteró la tradición de que lo que ocurría en la tierra debía tener su reflejo abstracto en el cielo. Pero incorporó cierta dimensión: la extrañeza. Las constelaciones, creía Juana, eran en esencia trazos imaginarios. Figuras que reconocía solo quien aprende a leer ese lenguaje.

Hay quienes dicen que las constelaciones son una forma de narrativa y que imaginarlas no cambia las estrellas, ni el espacio vacío entre una y otra. Solo cambia la forma en que leemos el cielo nocturno.

Borja se quedó dormido a su lado. Solía hacerlo abrazándose a sí mismo por razones más secretas que el cansancio. Pero ahora ahí estaba, al lado de Juana: pálido y delgado, con el pelo liso y oscuro, cayéndole pesado por la frente. A ella le gustaba verlo dormir. Juntos habían aprendido a estar cómodos en silencio. Por años Juana no le contó a nadie lo que le pasaba. A nadie lo que sentía. Ni a Borja. Sola, primero bajo el cielo del hemisferio sur y luego, cuando se fue a estudiar fuera, bajo el del hemisferio norte. Siempre había tenido ganas de preguntarle qué vio en ella cuando se conocieron. ¿Era posible querer algo que nunca se ha tenido? Se dieron un primer beso, de pie, la noche de San Juan, en un pasillo del campus donde los dos estudiaban. Cuando ella despegó sus labios de la boca de él, vio que estaba sonriendo. Sonriendo de verdad.

Estuvieron juntos por un año y para su primer aniversario planearon un viaje a la Patagonia porque —también ellos— sentían que habían llegado a un final. Él sugirió que arrendaran una casa en el centro de la ciudad. Los primeros días fueron tranquilos. Salieron a caminar por la costanera y vieron las nubes barrer con el horizonte. En Tierra del Fuego terminaba la cordillera de los Andes. Un azul colosal cayéndose. Hundiéndose en otro azul. Pasearon y evitaron los museos. Juana pidió una hora en la biblioteca privada del Palacio Sara Brown para conocer una colección de atlas con ilustraciones botánicas de expediciones francesas y él encontró un café donde instalarse a leer. Por la noche salían a mirar las estrellas al patio de la casa con su telescopio.

Una mañana decidieron ir a visitar el cementerio y después de dar un par de vueltas, se perdieron. En esa compleja trama de avenidas rodeadas de cipreses entre los mausoleos era fácil desorientarse, pero hubo algo intencional. Probablemente querían estar solos. Cuando se reencontraron y se sentaron, él le preguntó si creía que tenían un destino como pareja. Así conversaron los términos del fin de su relación. Lo último que hicieron antes de separarse fue ir, el día siguiente, al parque nacional Pali Aike, que quedaba a un par de horas de Punta Arenas. En el camino, el hombre que los llevó detuvo el auto y se bajó a ayudar a un guanaco que se había quedado atascado en el alambre de una cerca. Juana se acercó a ver cómo el animal, alterado, se negaba a recibir ayuda y pateaba al sujeto que intentaba liberarlo. Finalmente el alambre cedió y el chulengo dio un enorme salto y se perdió corriendo en el descampado.

El parque nacional resultó ser un vasto campo de piedras donde Juana y Borja eran los únicos visitantes. Recorrieron ese paisaje magnífico y desolador avanzando contra un viento que corría tan fuerte que en algún momento pensaron que los derribaría. Juana recuerda que subieron con mucha dificultad a un cerro que se elevaba en el horizonte. En su cima encontraron un enorme forado grisáceo. A los dos les costó un buen rato comprender que estaban en la cima de un volcán que mucho tiempo atrás había hecho erupción. Toda esa arena era resultado del estallido. Si Juana se concentraba, todavía podía sentir la violencia del viento de ese día, impregnando de un olor a mineral el aire. También lo recordaba a él, con los ojos cerrados, a su lado, intentando resistir el azote de la ventolera.

Existe un axioma en física llamado Principio de Incertidumbre que dice que el mero acto de observar algo puede cambiar (y va a cambiar) la reacción subatómica de lo observado. En otras palabras, ver algo afecta su curso. El aire estaba entrando. Y con él, la pena y la rabia, acumulada por años. Una dimensión suya estaba siendo vista. Habían pasado años desde ese término y de a poco Juana y Borja habían retomado el contacto, al principio con torpeza, luego con cuidado. Comenzaron perforándose los lóbulos de las orejas en un local de tatuajes en Providencia. Él quería ponerse un aro para marcar el fin de su matrimonio y Juana para celebrar el comienzo de su tránsito. Eso los unió de nuevo, esos agujeros nuevos en sus cuerpos. Comenzaron a recuperar algo de la confianza que se tenían antes. Conversaron. Se miraron a los ojos. Notaron que todavía sostenían antiguas ideas equivocadas del otro, pero que podían soltarlas. Volvieron a llamarse por las noches. A escucharse respirar por teléfono. Recuperaron la comodidad del silencio.

Él, recién separado, se había cambiado a una vieja casona en Valparaíso donde estaba experimentando con la cerámica. Ella estaba realizando su investigación sobre obras inconclusas y recién se había dicho a sí misma que empezaría su tránsito. No le costó nada contárselo a Borja. Unos días después que se perforaron las orejas, él le escribió contándole que había ocurrido un accidente en su taller. Sus vasijas de gres habían ido a dar al piso. Todas quedaron hechas trizas, le dijo. Juana se sintió privilegiada de que le contara eso. No sabía de dónde había venido el impulso de experimentar con barro, si había sido una idea espontánea o un deseo que arrastraba desde hace tiempo. Recordaba que, en la casa de los papás de Borja, había una colección de vasijas precolombinas iluminadas por focos cenitales por los que apenas salía un hilo de luz, como anunciando su muerte. Él se las mostró. La manera en que sostenía las cosas en el pasado era excepcionalmente delicada, lo hacía con la misma lentitud con que la tocaba a ella cuando la regaloneaba. Era como si quisiera comprobar que Juana estaba efectivamente ahí, al alcance de su mano. Esa constatación solía estar acompañada de una mirada oblicua y a la muchacha le gustaba que fuera así. Que se demorara en recorrerla. Cuando le pasaba la palma por la cara, ella cerraba los ojos y la sentía arrastrándose como si la estuviera buscando.

Quiero llorar, le dijo la mañana del accidente en su taller. Tres de las piezas que se quebraron habían sido sus primeras cerámicas. Juana le preguntó si se le habían caído a él. *No*, respondió, cortante. La muchacha quiso saber si se había herido o si había pasado algo peor, pero Borja solo le contó que la repisa se cayó de noche y que no había nadie cuando ocurrió. Habían pasado más de diez años desde que terminaron y todavía Juana no aprendía a consolarlo. Borja le había mandado una foto del accidente. Una de las vasijas estaba partida en dos y otra quedó convertida en tantos pedazos que a Juana le costó creer que alguna vez había sido una sola cosa. Era como si se hubiera roto *demasiado*.

Cuando estaban juntos y dormían abrazados, ella esperaba el momento en que se hiciera de día para sentir ese olor característico que salía de su cuerpo cuando despertaba. Le gustaba abrazarlo y sentir antes que nadie ese olor que no estaba mediado por ningún tipo de perfume, crema o desodorante. Pero esa madrugada, en el puerto, la alarma sonó y el muchacho siguió durmiendo abrazándose a sí mismo, así que Juana se levantó con cuidado, entró al baño de la vieja casa porteña y echó a correr la ducha. El agua estallando contra las baldosas fue el primer sonido de la mañana. Bajo la ducha, Juana recordó a M. Le dio vueltas al hecho de que nunca hubiera aprendido a nadar. Quizás, para ella, ahogarse era hundirse en su propia locura, pensó.

Al salir de la ducha, arrastró la toalla por el espejo y borró la imprecisión de lo empañado. Se vio a sí misma, nítida, y se envolvió el cuerpo en una toalla y el pelo en otra. Cuando salió al pasillo, vio a Borja encorvado sobre la mesa de la cocina. ¿Cómo vivimos si no estamos íntimamente vinculados a otros seres humanos? Se había vestido. Traía puesta una polera de cuello ancho por la que se le asomaban las clavículas. Sin girarse, y rascándose el cuello, le dijo que había café recién hecho.

Sobre la mesa. Ahí. Ahí está mi pasado, pensó la muchacha. Ahí está Borja y ahí está el puerto. Con su viento.

Le dio las gracias. Luego la espalda.

Y mientras se terminaba de secar, pensó en la rotación de los planetas. En la curación de las heridas. En el envejecimiento. En todos esos procesos que también eran un tránsito.

Esto aquí, esto allá. Esto entre medio. Afuera había viento entre los pasajes de adoquines. Había ropa tendida entre una ventana y otra. Valparaíso imponía con violencia su pasado. Y el de Juana también.

Por un rato se quedó semidesnuda, pensando en qué ropa ponerse.

M estaría en Santiago, pensó la muchacha. Haciendo lo mismo en ese preciso momento. Vistiéndose, arreglándose delante de un espejo.

—¿Y? —peguntó Borja cuando Juana se asomó a la cocina.

—Lista —le dijo.

El muchacho le extendió la mano y se la tomó. Juana había recibido un mensaje de M que le decía: *Ojalá esto lo comprendas bien y lo sientas verdadero. Tú le has dicho a otras personas que tu papá y yo sabíamos de ti. No, amor, no es así.* Y luego: *Siento un dolor tremendo por ti. Me parece que estás eligiendo la soledad y abandonar lo que te define. Me duele verte así, alejándote del mundo.*

A la muchacha le gustaba la idea de alejarse del mundo, de no poner los pies en la tierra, como el hada de la obra de Shakespeare siempre sobrevolando las cosas.

Todo lo que vio Caroline Herschel, con un solo ojo. Esas distancias. Una nébula, dos mil estrellas, ocho cometas. En ese campamento de verano al que fue siendo una niña, en que el guía le pidió que por favor se duchara, durmió por primera vez a la intemperie. Desde su saco, instalado en lo alto de un cerro, tuvo la idea de que el cielo no era algo lejano sino una especie enorme de ojo que la estaba observando siempre. Y su mirada no emitía ningún juicio ni preguntas, sino que era profundamente amorosa. Además, había algo próximo, tanto en la cercanía de quienes estaban durmiendo en sus sacos, alrededor de ella, como en la distribución de las estrellas. ¿Qué era conectar dos puntos? Para entender las constelaciones había quienes movían el mismo dedo con el que se señalaba el silencio, haciéndolo marcar líneas invisibles entre un punto de luz y el otro.

Después de leerlo, Juana borró ese mensaje porque le dolía que su mamá hubiera escrito eso. Hay cosas frágiles y otras que no se pueden hacer desaparecer. Cosas que no se alejan nunca de este mundo. El lenguaje, con su capacidad de ir y volver, a veces, las ilumina. Pero nadie podía desaparecer del todo, ¿verdad?

Apenas comenzó a tomar los bloqueadores hormonales, Juana los sintió recorriendo su cuerpo. No afectaban ninguna zona en particular, sino que actuaban, indistintamente, debajo de todo. Se convirtieron en una primera capa, subcutánea. Los sintió uniéndose a los receptores de sus membranas celulares y órganos. Los sintió activando fenómenos bioquímicos. Los sintió iniciando su transformación.

Juana le pasó la mano a Borja por detrás del cuello, donde a él más le gustaba que le hicieran cariño, y se quedaron así un momento. Ella de pie y él sentado en la mesa de la cocina. En el pasado, cuando se tocaban, ella solía sentir la pena que corría debajo suyo. Una pena antigua. Tremenda. Injusta. Juana le echó una mirada a su casa por última vez. Apartó la mano del cuello del muchacho y tomó las zapatillas para dejarlas en el tacho de la basura. Luego, con un giro, se puso su impermeable y tomó su maleta.

Afuera había viento. Juana se sorprendió cuando Borja, con un gesto, le señaló el final del pasaje. Ahí, junto a unos tachos de reciclaje, estaba el mismo quiltro que los había guiado la noche anterior. Esperándolos, con la mirada muy atenta y las orejas en punta. La muchacha pensó en acercarse, pero como el perro no se movió, respetó esa distancia. Borja se subió al asiento del piloto y echó a andar el motor de su vieja camioneta. Ella se instaló al lado y se cruzó el cinturón. Se internaron por calles del cerro que él conocía de memoria. Pasaron por fuera del cementerio. Ahí había una réplica de la *Pietà* de Miguel Ángel y Borja sabía que a Juana le encantaba esa escultura que llevaba años ahí. Una familia viñamarina, que la había encargado a Roma, la terminó donando al municipio para que adornara la entrada a la ciudad de los muertos. El tiro entre los dos pilares donde la ubicaron era demasiado estrecho, así que había que ir mirándola por partes, uniendo fragmentos. Primero se veía el ropaje de la virgen envolviendo a su hijo, luego el costado de Cristo donde se alcanzaba a ver la llaga entre sus costillas. Más arriba está su cuello, sus venas.

Las piedades retrataban a la Virgen recibiendo a Cristo tras la crucifixión, pero también eran escenas sin tiempo ni lugar: madres a solas con los cuerpos quebrados de sus hijos. Y esta Virgen, esa mujer en particular, no lo estaba mirando a él, sino que observaba algo más allá: su futuro. Como si lo tuviera recién nacido en brazos y le doliera verlo alejarse del mundo.

La mañana del 21 de mayo de 1972 un joven de barba y anteojos entró tranquilamente a la basílica en el Vaticano donde estaba la *Pietà* original de Miguel Ángel y se montó en la balaustrada de mármol que sostenía la escultura. Ahí gritó: «¡Yo soy Jesucristo y he renacido entre los muertos!». Con un martillo comenzó a golpear la masa de mármol y después de quince embestidas logró remover parte de la cara de la virgen y uno de sus brazos. En las crónicas de esa época hay testimonios de testigos que aseguraron que el muchacho se ensañó con la figura femenina. La golpeaba y le hablaba como si quisiera despertarla del trance en el que está sumida. Como si le estuviera suplicando que lo viera. Fragmentos de los ojos cayeron al suelo.

Después de ese ataque, un equipo de restauradores del Vaticano descubrió la firma secreta de Miguel Ángel en la mano izquierda de la Virgen. Una M formada con cuatro arrugas de su palma. Después de todo, las líneas siempre son una constelación, pensó Juana cuando leyó eso.

Esa madrugada, cuando dejaron el puerto, lo hicieron tomados de la mano. Como en el pasado. Por la ruta que se abría tras un basural, Juana vio un acantilado de donde emergía una selva de flores anaranjadas y fucsias. Borja aceleró y le pidió a la muchacha que le contara algo, cualquier cosa, para mantenerlo despierto. Ella le preguntó si quería volver a escuchar la historia sobre la aldea brasilera que murió dos veces y él asintió.

—El bus iba abriéndose paso, de noche, por la selva —le dijo.

Y le contó que, tras ese paisaje exuberante y verde, tuvieron que atravesar un enorme desierto para llegar a Canudos, pero a él no le interesaban los detalles del traslado. Quería saber de la aldea. La aldea que murió dos veces, pidió. Juana le contó que la primera vez fue un ejército el que la convirtió en polvo. Él iba con la mirada puesta en el camino, pero la escuchaba con atención. Luego la muchacha le relató su segunda muerte, tras renacer de sus cenizas, cuando un pantano la ahogó por completo.

¿Se puede morir dos veces en una vida? Eso quería preguntarle a M. Juana todavía guardaba la bitácora de ese viaje. En una de sus páginas había descrito el amanecer en el desierto como una ola «de recurrente llegada».

Tantos años escondiendo tantos sentimientos.

Quizá no todo lo que existe puede ser expresado en palabras.

Frente al espejo que desplegó del techo del auto, la muchacha se pasó el delineador por el borde de los ojos, acentuándolos con negro para que quedaran bien perfilados. Luego miró a Borja. Le gustaba verlo manejar con una sola palma apoyada, firme sobre el manubrio. Se sentía segura con él. En un momento la muchacha se sacó los botines y extendió las piernas sobre el tablero, tal como lo hacía cuando eran una pareja. Juana sentía que ella y Borja experimentaban una soledad parecida.

Pensó en su mamá. En todos esos años. Más allá del perfil de Borja se asomaba una claridad inminente. Juana abrió la ventana del auto y dejó entrar al viento con fuerza. En la Patagonia, cuando el viento se ensaña, es capaz de arrastrar piedras, le dijo Borja. Pero aquí, detrás del viento, la serenidad dominaba el valle.

El resto del viaje ocurrió en silencio. Se cruzaron con pocos autos en la carretera.

—¿Vas a decirle? —preguntó Borja.

Y Juana pensó en lanzar un grito grande y hermoso. Pero en vez de eso asintió. Una franja rosada ya iluminaba el paisaje. Empezaba un nuevo día. Borja se giró y le sonrió. Cruzaron un túnel y luego otro. Un avión surcaba el cielo de la mañana en silencio, trazando una línea diagonal al horizonte. Se acercaban al aeropuerto.

Juana desplegó el espejito del auto para verse por última vez. Ahí estaba, la luz de la mañana renovando el paisaje con una tozudez asombrosa. Como si esta fuera la primera mañana en el mundo. Traía consigo el libro que Borja le había regalado años atrás y que nunca había leído. Traía vestidos en su maleta y un cuaderno en su cartera, una libreta similar a la que ocupaba para tomar notas cuando era una adolescente. Ahí guardaba varias fotos de su papá y M, además de una carta que ella le escribió cuando recibió el sacramento de la confirmación.

Antes de despedirse, en el terminal internacional, Borja la abrazó y le pidió que no se sintiera sola. Ella le prometió que lo intentaría. Pero estaba sola. Y estaba bien así. Esa tarde, en la plaza, junto a su antigua biblioteca universitaria, estaba sola frente a su madre cuando supo que si daba un paso más se volvería visible y si se quedaba, muy quieta, donde mismo estaba, podía aplazar un poco más el final. Entre la fecha en que M le escribió la carta para su confirmación y esa tarde, habían pasado 8.627 días, que equivalían a veintitrés años, siete meses y once días. Pero la muchacha sabía que no había cifra capaz de dar cuenta del tiempo y la distancia que las separaba.

Si hubiera podido, se habría acercado y quizás, lo primero que le habría dicho, hubiera sido que le conmovía que la haya visto como un héroe, esa palabra usaba en la carta que llevaba consigo. Sobre todo porque en esa época, cuando se confirmó, todavía no se enfrentaba a ninguna dificultad real. Vivía como un muchacho privilegiado y tímido. Un hijo mayor, consentido y antojado. Le hubiera agradecido a su mamá que pensara que Dios tenía un plan pensado para ella, pero ese camino preconfigurado no era el que iba a elegir.

El verano después de confirmarse, Juana entró a la universidad y durante el primer semestre, su papá se quitó la vida. Ahí la muchacha recién empezó a dimensionar lo que podía ser el dolor. Juana experimentó, ese mismo año, su primera ruptura amorosa, que —en cierta manera— compartió aspectos con el duelo por la muerte de su padre. Y a la larga, ambas penas terminaron por mezclarse.

Todavía siendo joven se enfermó. En ese momento, la muchacha creyó, con resignación, que era lo que le tocaba vivir, pero luego, años más tarde, comprendió que no era casual que ese tumor hubiera estado encapsulado en uno de sus testículos. A la luz de su tránsito, le resultaba imposible no ver ahora la relación entre la dificultad por expresar su identidad de género y ese diagnóstico.

Ese hallazgo, creía, señalaba un inicio.

El de una despedida o transformación silenciosa que se hizo evidente años después. Si cerraba los ojos y respiraba con calma sentía cómo su versión anterior disminuía ante la nueva que estaba apareciendo. Eran los bloqueadores de testosterona. Abrió los ojos y reconoció a su mamá, la plaza, la que había sido su antigua biblioteca. La suya no era la mirada turista que contraponía su postal imaginaria a la experiencia análoga de la ciudad, sino que era la mirada de la nostalgia que se negaba a ajustarse a la realidad del cambio. La ciudad en la que la muchacha había vivido ya no existía, su imagen había sido reemplazada por otra que a su vez sería pronto reemplazada por la que vendría. Y así sería permanentemente. Negarse a verlas era seguir aferrada al pasado.

Mirando a su mamá, a pocos metros de ella, frente a esa fuente, la hija la vio tan tranquila y tan a gusto recibiendo el sol de la tarde que creyó que si se acercaba le iba a hacer daño. ¿Esa era la línea que separaba el aquí del allá? ¿La placidez del dolor? ¿El ahora del después? Como en la orilla de una playa, Juana creía que las fronteras podían ser cambiantes, pero también entendía que tenía miedo.

Esa mujer que tejía, su madre, no sabía nadar.

El padre de M, es decir, el abuelo materno de Juana, un hombre fascinado por la luna, conoció a su abuela un día en que estuvo a punto de ahogarse en la playa de Salinas, en Viña del Mar. Fue en el verano de 1941, cuando él era un estudiante universitario y ella todavía estaba en el colegio. A los dos les gustaba ir a la playa. Esa mañana, Alfonso, el muchacho que años más tarde sería el padre de M, se lanzó a nadar al mar y en algún momento, quizás demasiado adentro, quizás demasiado rápidamente, se vio envuelto en una corriente. Él mismo lo describió así: «Entonces no hubo pasado ni presente, solo olas». La mamá de M, por su lado, contaba que estaba tomando sol con unas amigas cuando vio a una multitud alrededor de un bañista que había estado a punto de ahogarse. Recordaba que, curiosa, se alejó de su quitasol y asomándose detrás del salvavidas, se encontró con un hermoso muchacho inconsciente en la arena. Así se conocieron.

Su abuelo contaba que ella estaba ahí, mirándolo, cuando él volvió a abrir los ojos. Una imagen nueva, inaugural, que había venido después de un roce con la fatalidad. En la orilla. Así había empezado todo.

Después eso, el joven universitario viajó a Brasil a un seminario sobre ingeniería agrícola y desde Campinas le mandó una carta a la chica que había conocido en la playa. Comenzaba diciéndole que se sentaba a escribirle después de haber pasado todo el día en terreno. «Al mirar de reojo la ventana, vi un rectángulo de azul convirtiéndose en noche. Había en él algo parecido a lo que San Juan de la Cruz llamó la soledad sonora». Luego le contaba que el seminario era sobre semillas, «algo extremadamente diminuto y franciscano» que lo dejaba perplejo a él y a los demás asistentes. Campesinos e ingenieros peruanos, mexicanos y un hondureño «extraviado».

«Aprendí que una semilla ha consumido más futuro que un huevo. Es el punto de partida y el punto final. Pero en ella, su génesis ya es cosa del pasado». Decía que al observar las semillas le parecían embriones paralizados por una «repentina reticencia», capeando las adversidades sin hacer ningún gesto. «Pues está en otra escala, en otra cámara, en otro universo», y que quizás al sentir esa mezcla de humedad, luz y temperatura iba a romper el secreto de su estrecho y largo paréntesis. «Trizando la cáscara, en que ya no cabe, para revelarse».

Se despedía diciéndole que le parecía tan inverosímil lo que había en esa «pausa de árbol», que llegaba a ser, cuando concluía, una transformación «casi monstruosa».

Para Juana los tránsitos no terminaban, solo se iniciaban. Eran trayectoria sin fin.

Pensaba que en algún punto se parecía a abandonar la arena y lanzarse a nadar. Una larga trayectoria que se iniciaba sabiendo que más allá podía no haber otra playa, solo mar. La tierra firme, con sus certezas y delimitaciones, se dejaba atrás para descubrir otra forma de existencia en el nado. Una transformación, un desplazamiento permanente.

Intentamos mantener vivos a los muertos para que sigan con nosotros. Pero hay que dejarlos. Muertos. Eso decía el libro que estaba leyendo. Soltarlos en el agua.

En vez de acercarse y ponerle fin al silencio, Juana dio un paso al costado y cruzó la calle. Se alejó de ahí. Su mamá se quedó en la plaza, recibiendo el sol, soñando con el nacimiento de su primer nieto. La muchacha sintió que tenía que volver al museo. Y ver ese grabado de Adán y Eva del que M le había hablado. Así que bordeó la plaza y entró por la bocacalle a la estación de metro de 4 Oeste. Un par de años antes de que ella naciera, la autoridad de transporte de Nueva York decidió rediseñar el mapa del metro de la ciudad, principalmente porque se generaban atochamientos humanos en las estaciones ya que a las personas les costaba descifrar la dirección de las líneas. Nobuyiki Sirasi —un artista formado como pintor y escultor— fue uno de sus principales creadores y el método que usó para representar las líneas del transporte subterráneo fue poco convencional: recorrió el trayecto de cada línea del metro con sus ojos cerrados, dibujando en su cuaderno la forma de los rieles que él percibía a ciegas. Así se hizo una idea de cómo se sentía usar el metro más que perseguir una representación exacta de la geografía de la ciudad. Aunque las escalas de ese mapa no calzan con la realidad, con las extensiones de las vías ni con las distancias medibles, sí se parecían —creía Juana— a la experiencia de ir a bordo de un vagón que recorre el subsuelo de Manhattan y los demás distritos.

A transitar se le dice también cruzar, movilizarse, cambiar de un estado a otro, todas acciones impulsadas por el movimiento. A bordo del metro de Nueva York no era fácil encontrar asientos disponibles, así que la muchacha se fue de pie, apoyando la cabeza contra un vidrio. Le gustaba viajar así, desde que era chica e iba en el auto con su papá hacía eso; apoyarse en la superficie transparente de las ventanas. Reclinaba el cuello y apoyaba un costado de las sienes. El papá de Juana manejaba enrabiado, apurado, criticando a los demás automovilistas. Ella lo miraba de reojo e intuía que debajo de toda esa rabia había algo más, sin resolver. Con el tiempo se había encantado con la idea melancólica de mirar por la ventana, de viajar sin moverse. De ir quieta dentro de un vehículo que se desplazaba. Pero el tránsito de género no era así. Requería un esfuerzo, una movilización interna y un abandono. Llegó al enorme edificio del museo Metropolitano cuando comenzaba a atardecer, justo veinte minutos antes de que cerraran, así que casi no había visitantes dentro. La estructura original de ese edificio, emplazada en medio de una loma del parque, hoy era prácticamente irreconocible.

Tras las múltiples ampliaciones y modificaciones, apenas se podían percibir señas de la casona donde primero se albergaron las obras de arte, que alguna vez fue descrita como «construida en una soledad sin visitas». Juana tuvo la impresión de que el museo entero parecía querer entrar en reposo y sacudirse de los cuerpos que lo atravesaban de día. En la sala no había nadie más que ella. Y la lámina estaba en un lugar por el que no recordaba haber pasado. A primera vista, le pareció bella. Le llamó la atención que la escena ocurriera en un bosque oscuro, muy distinto al jardín con el que se suele representar comúnmente el edén.

A Juana le gustó que tanto Adán como Eva estuvieran inclinados de perfil, enfrentándose el uno hacia el otro, pero que no se miraran. Adán estaba mirando a Eva y Eva, a su vez, estaba mirando a la serpiente enroscada en el árbol. Ese desencuentro era sucesivo: el movimiento que comenzaba con ese desfase de la mirada iniciaba el relato de un fin. El grabado representaba la pérdida de la inocencia y de la obediencia. Juana se imaginó que entre ese hombre y esa mujer corría viento porque sus pelos rizados estaban agitados. Luego, varias cosas le causaron extrañeza. La primera fueron los árboles del bosque, que parecían emerger de una superficie líquida y no sólida. Como si surgieran del agua, pensó Juana. Después estaba el tema de sus especies. La rama que sostenía Adán era de un fresno, mientras que la que Eva había partido en dos era de una higuera.

Por último, había un detalle. Eva no le estaba ofreciendo la manzana a Adán, sino que estaba dándosela a probar a la serpiente, como si otra narrativa del pecado original fuera posible. Un desvío de la escritura sagrada.

—Ma'am —le dijo un guardia por el costado—. The museum is going to close soon, I would kindly ask you to leave.

Juana le devolvió la mirada al sujeto y asintió para luego volver a sumirse en la imagen del grabado. De pronto, notó que Eva escondía otra manzana detrás de su cuerpo y sintió un vértigo. Se acercó lo más que pudo a la lámina para comprobar que solo quien estuviera fuera de la escena podía enterarse de esa segunda fruta, porque estaba volcada hacia el bosque oscuro, lejos de la vista de Adán. Al alejarse, reparó en los animales echados a los pies de los dos personajes principales. En la viñeta de la obra se explicaba que cada uno representaba la idea medieval de los cuatro temperamentos: el gato era colérico, el conejo sanguíneo, el buey flemático y el alce melancólico. Pero, además de ellos, había dos animales que generaban tensión: frente al gato había un ratón a punto de ser devorado y, más allá del bosque, en un risco, había una cabra a punto de caerse a un precipicio.

—Ma'am —insistió el guardia—. It's time for you to go.

La muchacha permaneció inmóvil. No había existido otro día igual a este. Juana solía creer que eran todos lo mismo, que el presente era idéntico, pero esa confusión suya se desvaneció cuando remontó su presente. Entendió que todo en la escena de Durero apuntaba a algo que estaba por ocurrir. No todavía, pero en el segundo siguiente. El grabado representaba en sí mismo un abismo. El último instante del mundo antes de que perdiera su equilibrio. Pero a Juana le pareció que ya se habían trasgredido cosas. Que Adán ya estaba tentado y Eva ya le escondía algo. El derrumbe ya estaba ocurriendo.

¿No tiene una guarida el presente del que siempre huimos? En el libro que le había regalado Borja, el que traía consigo en su cartera, la protagonista decía que lo mejor de los museos eran sus colecciones permanentes: las salas en que nada ni nadie se movía. Decía que al volver a visitarlas se daba cuenta de que nada era diferente, lo único que había cambiado era una. «No es que hubiera envejecido, no era eso exactamente. Era diferente, eso era todo. Esta vez yo llevaba un abrigo».

El grabado estaba hecho de líneas. *Ma'am, please.* Juana vio que cada una de las formas, sombras y texturas de la escena eran propiciadas por finísimas líneas que comenzaban en un punto y terminaban en otro. Las superficies eran eso y Durero se había demorado cuatro años en construirlas. *I'm sorry.* Sin embargo, ahí se entrelazaban para convertirse en paisaje. Puestas una al lado de la otra hacían aparecer el follaje del bosque, las cortezas de los árboles y los pelajes de los animales. *Please, leave.* Juana no supo qué fue lo que vio M, pero mientras el guardia la llevaba del brazo hacia la salida y atravesaban el pasillo que más bien parecía un túnel, con su piso de loza y mármol, alcanzó a ver las cúpulas y columnas de la entrada, por las que se filtraba algo de luz de la tarde, le pareció que entre ese Adán y Eva había tanto suspenso como desobediencia.

El museo le pareció un enorme hueco oscuro que debía dejar atrás. Y al atravesar el último balcón del segundo piso y abrirse el techo abovedado, el vacío del gran salón explotó frente a ella. Vio un quiebre destinado a ocurrir. El hombre le señaló con paciencia la puerta y la invitó nuevamente a salir. Esa enorme nave estaba diseñada para generar un sentido de llegada, no de despedida. Una vez dentro se podía ir al norte, al sur, o bien al oeste, desde donde se subía por una gran escalera por la que se accedía a los balcones, ahora vaciados de visitantes. En el grabado, eran dos personas rodeadas de riesgos. Estaban sumidas en sus propios pensamientos y deseos. Aisladas, pero movilizadas por la curiosidad, con un pie firme en la tierra y el otro levantado hacia adelante. A punto de salir. De perder su balance. Eran las cinco de la tarde.

Pero también estaban sintiendo el viento. El que corría en ese bosque. En el parque. El que corría en la ciudad cuando el guardia la llevó hacia la salida y la dejó en la fachada del museo. Sintió que la abandonaba ahí, a la deriva. En esos pocos minutos que había estado dentro, había oscurecido. Juana esperó escuchar las puertas cerrándose. El sonido que iba a romper con el silencio. Pero no oyó nada, nada. Dentro de la escena del grabado, ese sonido se hubiera escuchado como el del aullido del ratón al ser devorado por el gato, el del cuerpo de la cabra al estrellarse al final del acantilado. Como el mordisco de la manzana. El mundo quebrándose.

Pero no se oía nada, nada.

Lo cierto es que no se podía vivir en los museos. El barniz del pasado recubría ahí lo lavado y acabado. No se vivía dentro. Desde las escalinatas de piedras a través de las que se volvía a estar en la ciudad, sintió un quiebre, o atisbo de deseo oculto, que se hizo presente. Había que esperar para oírlo. Provenía de otra parte. Desde afuera.

¿Qué era ese rugido en el cielo? La furia del que estaba lejos de todo. Muerto.

Un relámpago lo hizo visible, y, justo antes de que estallara la tormenta, le recordó a la muchacha que no había manera de evitarlo. Porque había estado presente. Él. Siempre presente. Por lo menos desde que se había dado cuenta, cuando siendo muy chica supo que no iba a cumplir con el propósito que había determinado su origen.

Él también lo supo. Ahora iba a despedirse de esa idea, para empezar a quebrarse y hacer algo nuevo de sí misma. Atendiendo al soplo que ya le mostraba su verdadera providencia.

Este libro se terminó
de imprimir en
Móstoles, Madrid,
en el mes de
octubre de 2023

MAPA DE LAS LENGUAS UN MAPA SIN FRONTERAS 2024

RANDOM HOUSE / CHILE
Tierra de campeones
Diego Zúñiga

RANDOM HOUSE / ESPAÑA
La historia de los vertebrados
Mar García Puig

ALFAGUARA / CHILE
Inacabada
Ariel Florencia Richards

RANDOM HOUSE / COLOMBIA
Contradeseo
Gloria Susana Esquivel

ALFAGUARA / MÉXICO
La Soledad en tres actos
Gisela Leal

RANDOM HOUSE / ARGENTINA
Ese tiempo que tuvimos por corazón
Marie Gouiric

ALFAGUARA / ESPAÑA
Los astronautas
Laura Ferrero

RANDOM HOUSE / COLOMBIA
Aranjuez
Gilmer Mesa

ALFAGUARA / PERÚ
No juzgarás
Rodrigo Murillo

ALFAGUARA / ARGENTINA
Por qué te vas
Iván Hochman

RANDOM HOUSE / MÉXICO
Todo pueblo es cicatriz
Hiram Ruvalcaba

RANDOM HOUSE / PERÚ
Infértil
Rosario Yori

RANDOM HOUSE / URUGUAY
El cielo visible
Diego Recoba